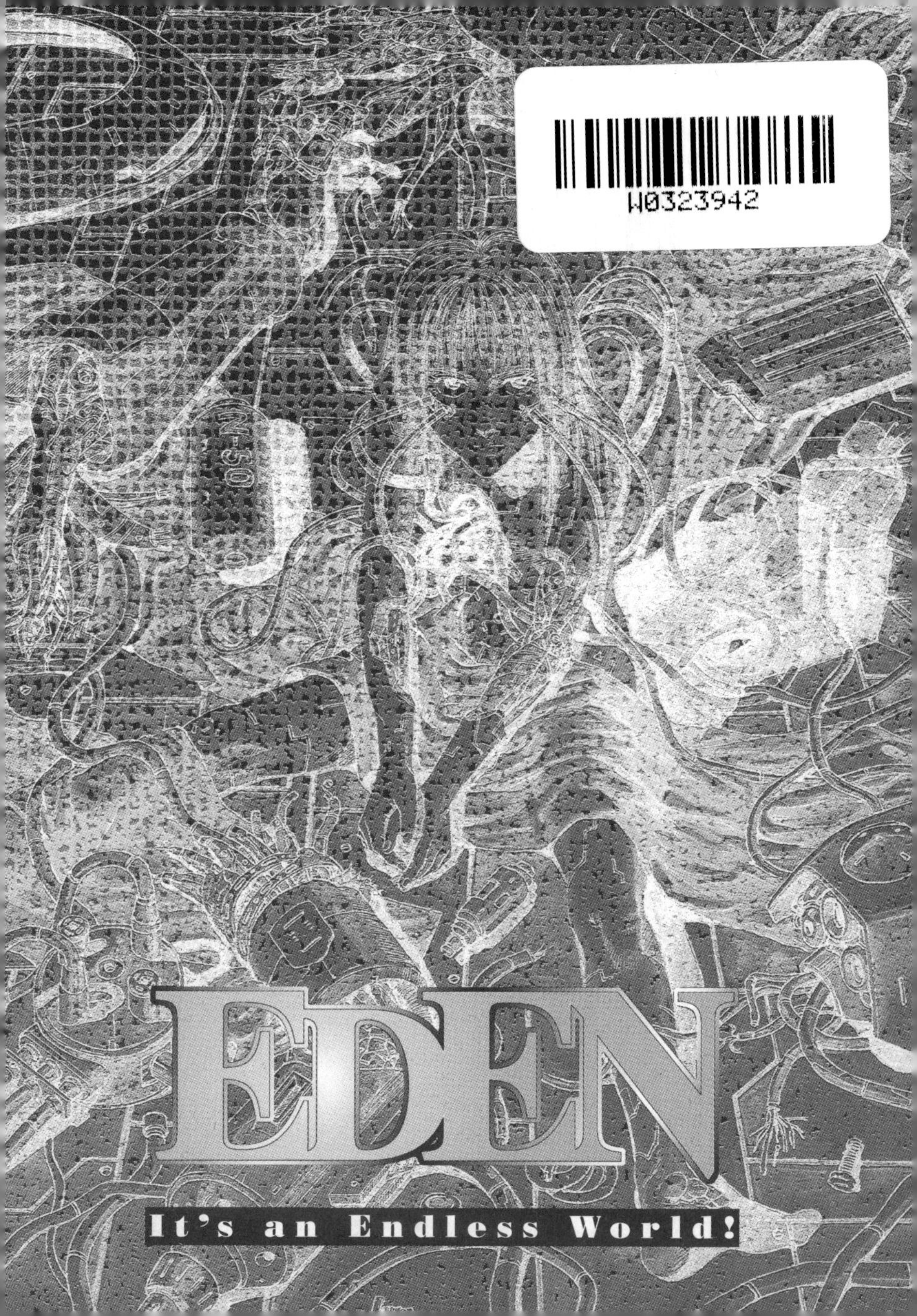
EDEN
It's an Endless World!

Scénario et dessin
HIROKI ENDO

Traduction
SÉBASTIEN DALLAIN

Adaptation graphique
ACROBAT

Lettrage
LUCA POLI

Supervision
NICOLE DUCLOS

Merci à YUKA ANDO et KUMI SHIMIZU de Kodansha Ltd., Tokyo, pour leur aimable collaboration

Directeur de l'édition française **ALAIN GUERRINI**
Comité de direction **A. GUERRINI, A. DENECHERE, S. DALLAIN**
Directeur délégué **SÉBASTIEN DALLAIN**
Directeur éditorial européen **MARCO M. LUPOI**
Chef de produit marketing **MARJORIE TODRANI**
Coordinateur marketing **WALTER DE MARCHI**
Contrôleur de gestion **JOHN SCALA**
Relations presse/Responsable commercial **JÉRÔME ARAGNOU**
Coordinatrice éditoriale **ANNA RODELLA**
Supervision **MARIE-PAULE GARCIA**
Directeur artistique **MARIO CORTICELLI**
Concepteur graphique **DRZ**
Maquettiste **SABRINA PIU**
Avec la collaboration de **JOSÉPHINE BAGLIO, LAURENT FRÉMONT, ASTRID LEONTI** et de toute l'équipe de Panini Comics

EDEN 3
ISBN : 2-84538-036-4

Un ouvrage
GÉNÉRATION COMICS/PANINI FRANCE S.A.

Commercialisation et relations média :
PANINI FRANCE S.A.
Z.I. SECTEUR D
B.P. 62
06702 SAINT-LAURENT-DU-VAR CEDEX
Tél. 04 92 12 57 57
Fax 04 92 12 57 58
www.paninicomics.com

Impression : Tipografia Gravinese s.n.c., TORINO
Imprimé en Italie / Printed in Italy
Deuxième édition

遠藤浩輝

EDEN It's an Endless World!

sommaire

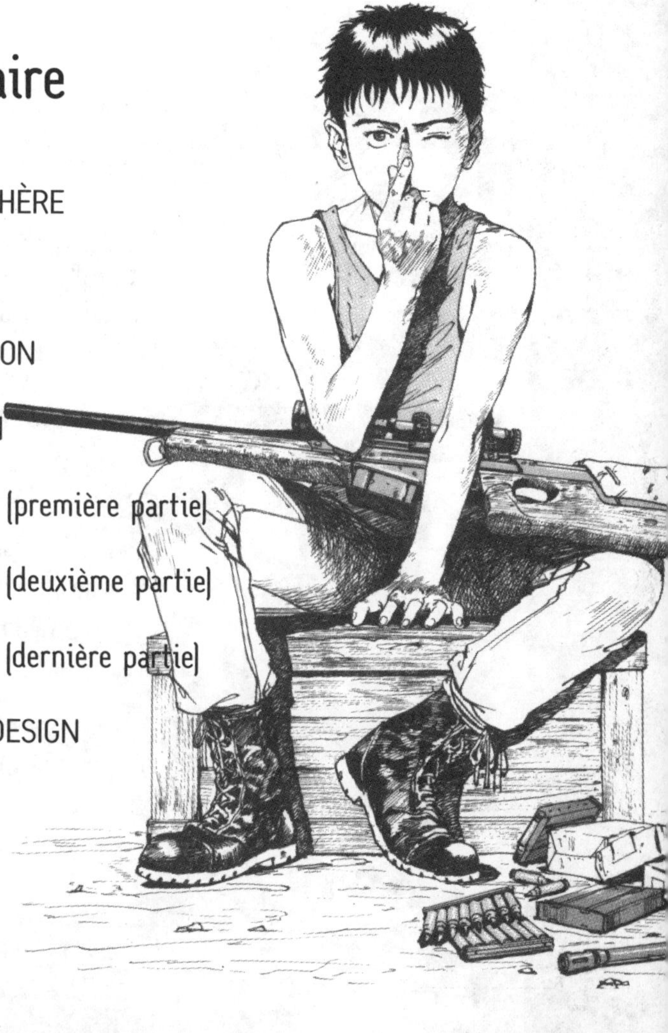

LES PERSONNAGES

Hana
La mère d'Elia est immunisée contre le virus qui a décimé le genre humain il y a vingt ans.

Enoa
Le père d'Elia est aujourd'hui un puissant trafiquant de drogue d'Amérique Latine.

Elia
Après avoir échappé à un enlèvement, le fils d'Hana et d'Enoa erre à travers le Pérou en compagnie de Chérubin.

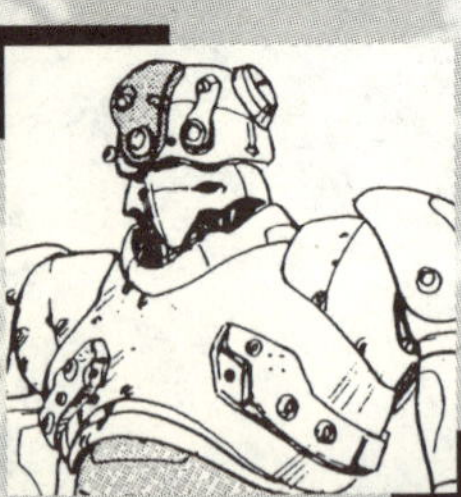

Chérubin
Le robot anthropomorphe est un peu le garde du corps d'Elia.

LES PERSONNAGES

Karn Nazarbaief

A la tête d'un groupe de mercenaires, Nazarbaief tombe par hasard sur Elia et le fait prisonnier. Il le soupçonne d'avoir copié une disquette contenant des informations capitales.

Kenji

C'est un des hommes de Nazarbaief. Taciturne, mystérieux, habile au combat et d'une grande cruauté.

Sofia

Cette quadragénaire s'est fait transplanter le cerveau dans le corps mécanique d'une adolescente. Elle est aussi aux ordres de Nazarbaief.

Wycliffe

Un des mercenaires de Karn Nazarbaief.

Autrefois, Dieu et l'homme s'entraidaient

La Terre. Dans un futur proche. Un mystérieux virus a décimé une grande partie de la population. Un groupe de chercheurs s'est réfugié dans une base complètement isolée du reste du monde où il tente désespérément de trouver un remède au mal qui ravage la planète. Parmi eux, **Rain** et **Cris**, deux amis de longue date. Cris fait partie d'une organisation internationale, le **Propater**, opposée à tous les gouvernements et persuadée que le virus s'est propagé à la suite d'une expérience menée par l'armée américaine qui aurait mal tourné. Malgré les efforts des chercheurs, le virus finit par s'infiltrer à l'intérieur de la base. Cris décide alors de se rendre au siège du Propater et confie ses enfants **Enoa** et **Hana** à son ami Rain.
Les années passent, les jeunes gens grandissent et deviennent étrangement immunisés contre le virus. Un jour, le moment vient pour eux d'abandonner la base et de se construire une vie nouvelle.
Vingt ans plus tard, on retrouve Enoa à la tête du plus grand réseau de trafiquants de drogue d'Amérique Latine. Nombreux sont ceux qui souhaitent sa mort mais ils ne parviennent pas à l'atteindre directement. Ils s'en prennent donc à ses enfants qu'ils tentent d'enlever. Sa fille est faite prisonnière mais son fils **Elia** réussit à échapper à ses ravisseurs. Il erre alors à travers le Pérou en compagnie du robot **Chérubin**. Ils tombent bientôt entre les mains de mercenaires dont le chef, **Karn Nazarbaief**, est un islamiste qui a quitté la Géorgie quand le Propater a exterminé sa famille.
Aujourd'hui, Enoa doit faire face à d'innombrables problèmes, mais la plus grande menace vient des hommes du Propater qui s'apprêtent à l'attaquer...

chapitre 12 – SURENCHÈRE

WRROOM

A.I.G.B. = ACTIVE LASER GUIDED BOMB (MISSILES GUIDÉS).

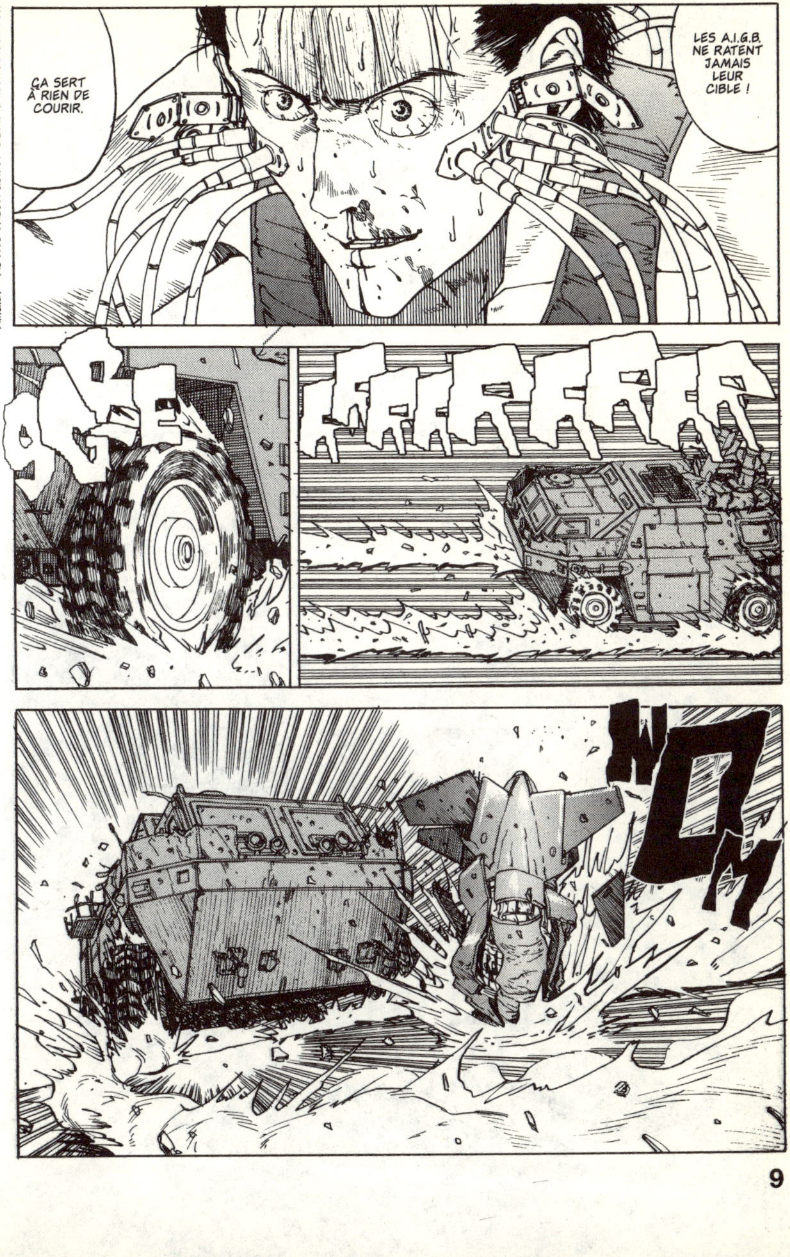

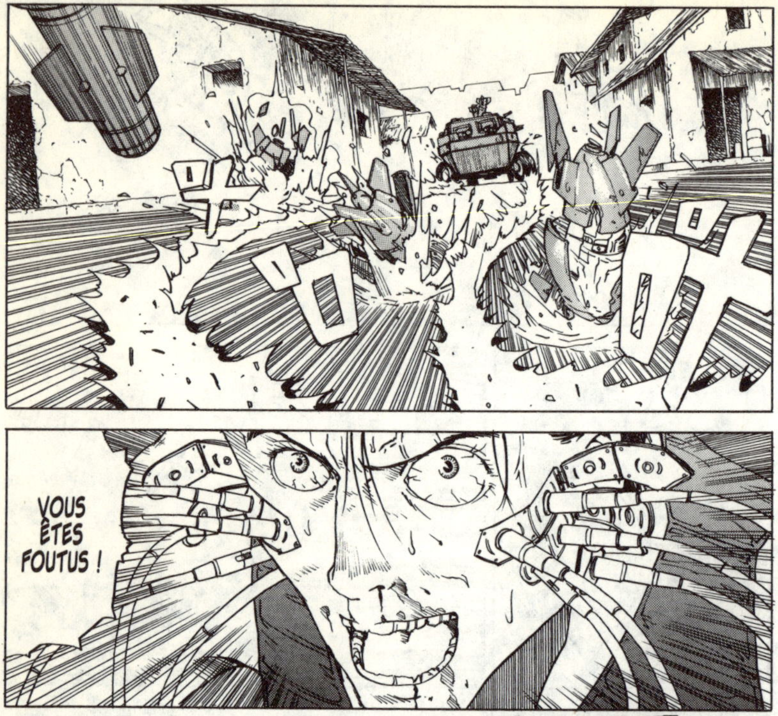
VOUS ÊTES FOUTUS !

WOOP

KENJI !
FAITES UN GROS PLAN SUR LA ZONE D'IMPACT.
ÇA Y EST ?!
...

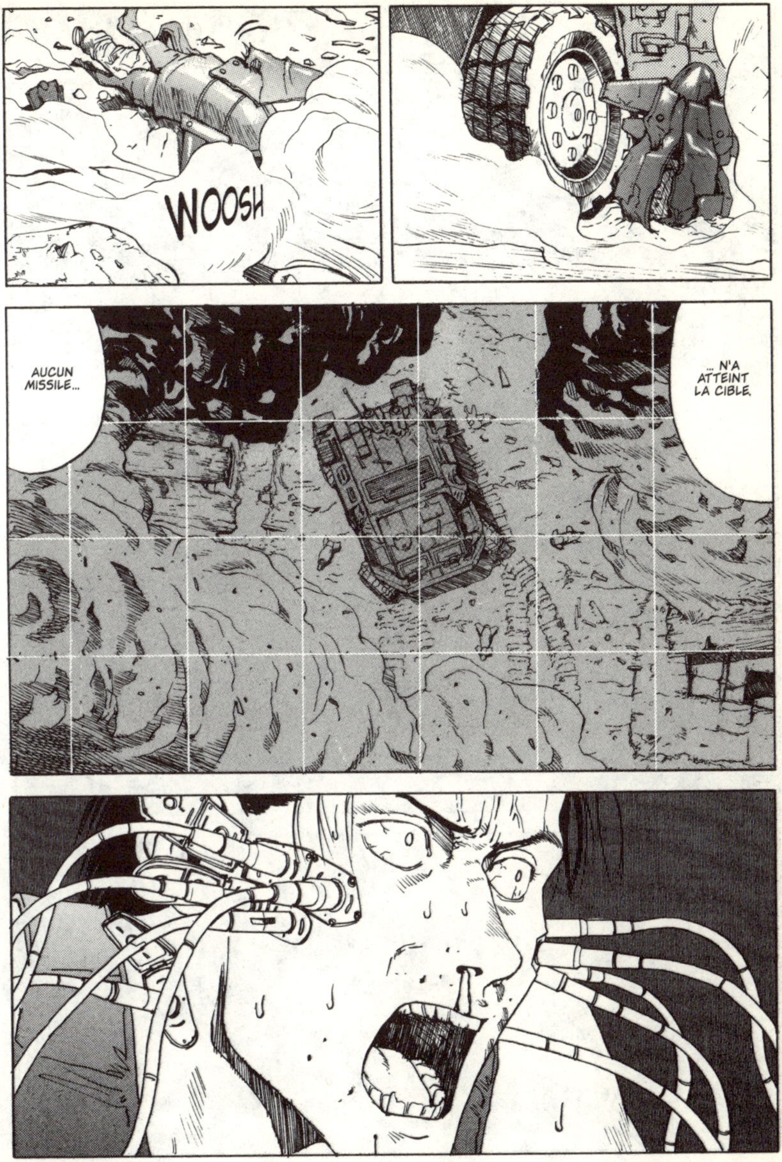
WOOSH
AUCUN MISSILE...
... N'A ATTEINT LA CIBLE.

J'EN AI ASSEZ !
!
ORDONNEZ AUX TROUPES...
... D'ATTAQUER.

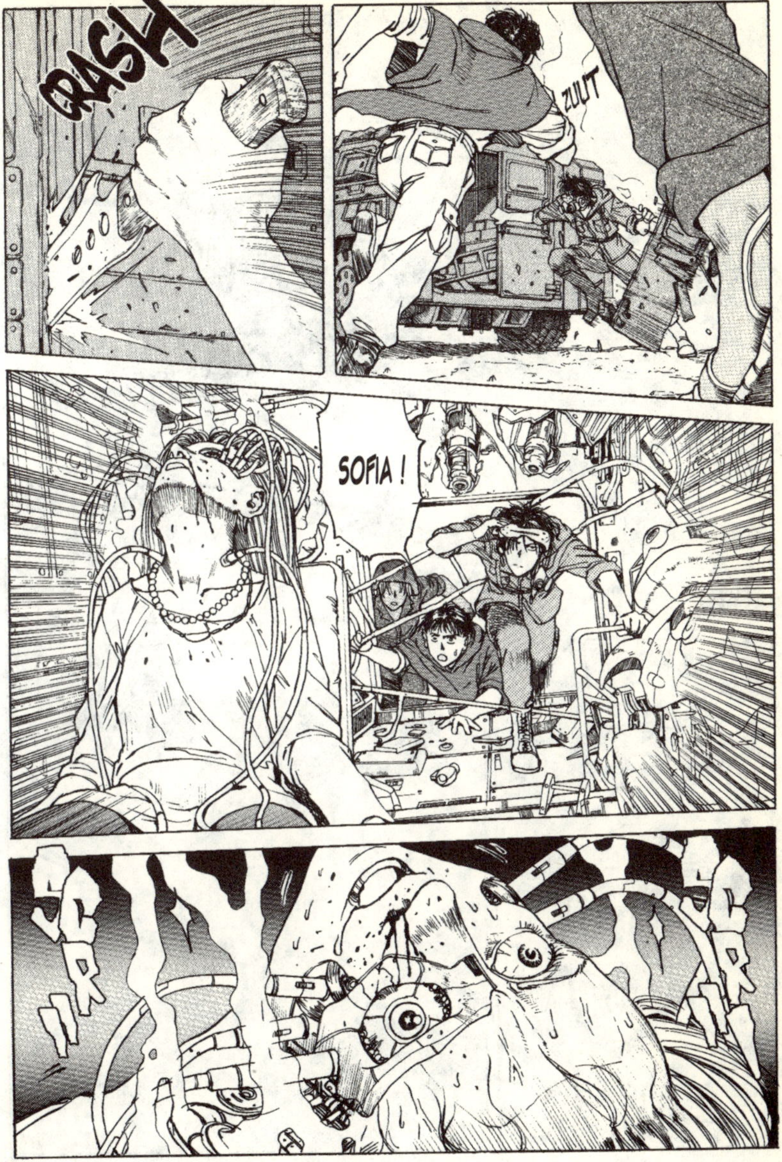
ZUUT
CRASH
SOFIA !

WOOOOM

COMMENT VA-T-ELLE ?
SES JOURS NE SONT PAS EN DANGER.
MAIS ELLE EST EXTÉNUÉE.
PST
IL FAUT QU'ELLE SE REPOSE.
WY-CLIFFE.
T'EN ES OÙ ?
LE DISPOSITIF EST EN PLACE.
MAIS SANS SOFIA...

ÇA VEUT DIRE QUE CHACUN DE NOUS VA DEVOIR S'OCCUPER D'UN OBJECTIF ?
ET CHÉRUBIN, QU'EST-CE QU'IL DEVIENT DANS TOUT ÇA ?
IL NE PEUT PAS SE BATTRE S'IL N'Y A PERSONNE POUR LE TÉLÉGUIDER !
JE SAIS.
MAIS J'AI DÉJÀ TROUVÉ QUELQU'UN POUR...
... S'EN CHARGER.
...
HEIN ?

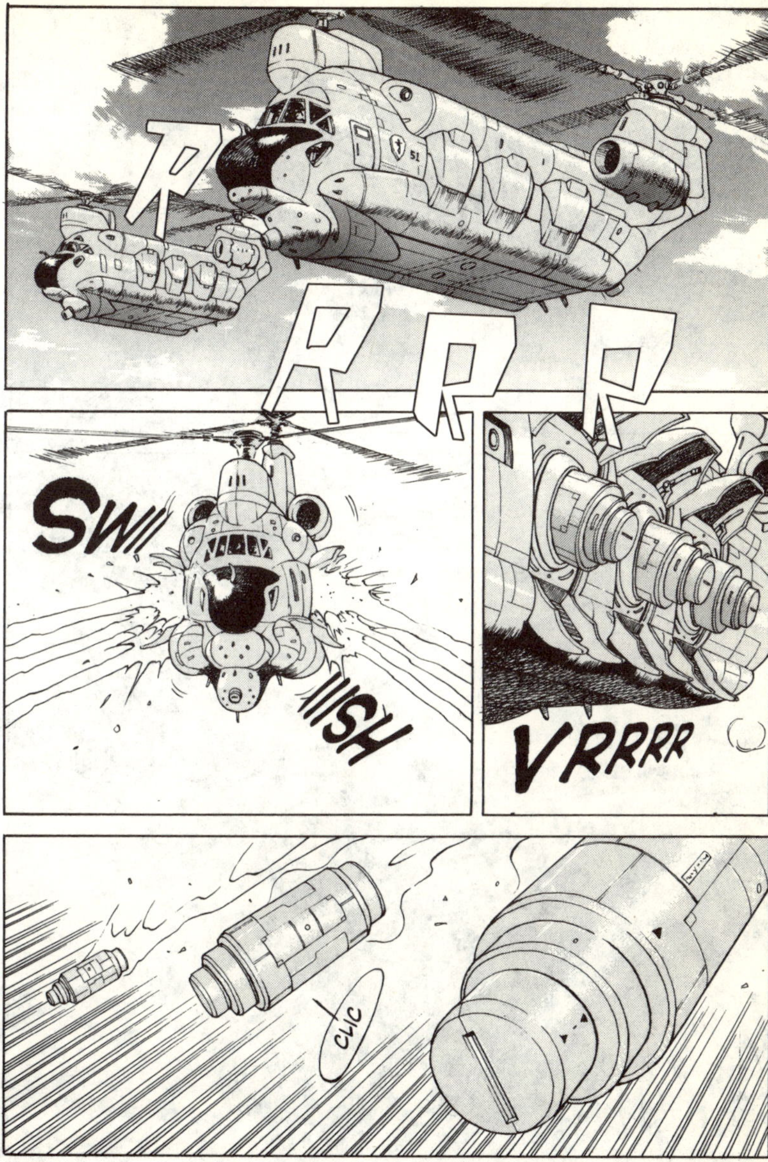
R
RRR
SW
ISH
VRRRR
CLIC

VROOOM
STOK

OH, OH !
VRRRR
DLENG
VRRRR
QU'EST-CE QUE C'EST QUE ÇA ?!
LA DIVISION BLINDÉE.
CES SOLDATS PORTENT UN ARMURE SPÉCIALE.

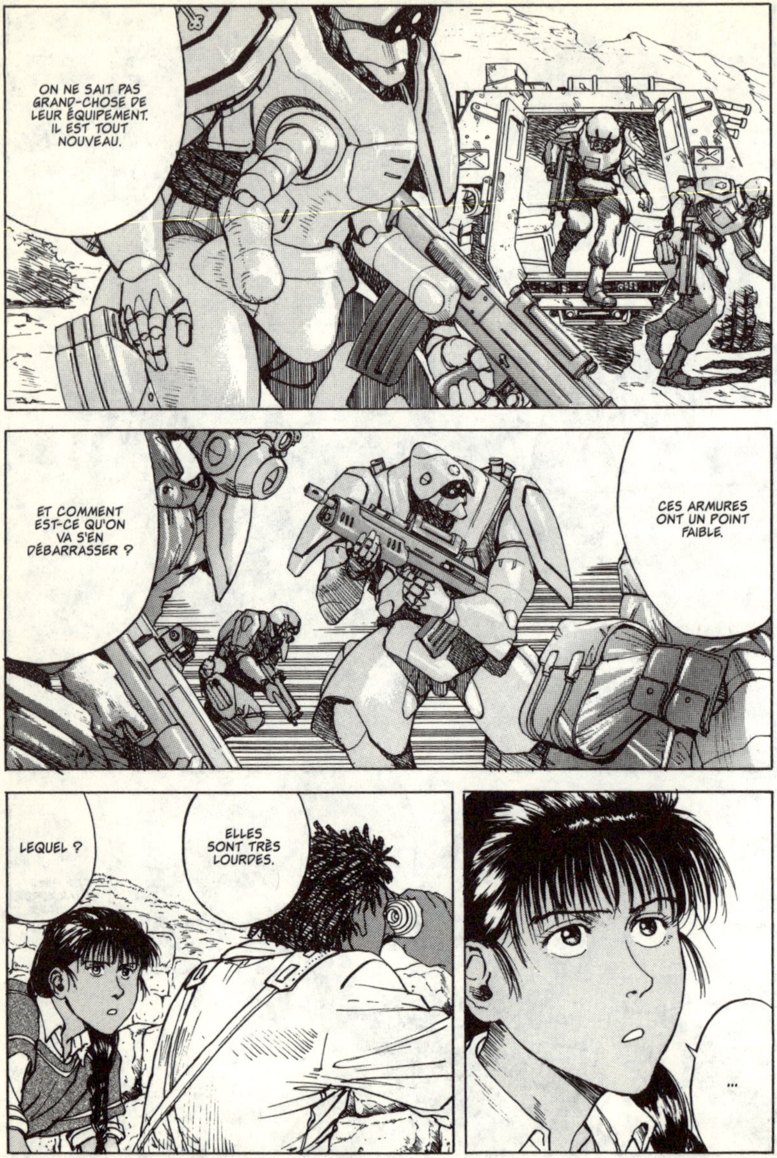
ON NE SAIT PAS GRAND-CHOSE DE LEUR ÉQUIPEMENT. IL EST TOUT NOUVEAU.
CES ARMURES ONT UN POINT FAIBLE.
ET COMMENT EST-CE QU'ON VA S'EN DÉBARRASSER ?
ELLES SONT TRÈS LOURDES.
LEQUEL ?
...

TU PARLES D'UNE NOUVELLE...
DÉTROMPE-TOI. C'EST UN DÉTAIL IMPORTANT.
COLONEL...
NOUS AUSSI.
ON A DES INVITÉS.
ILS ONT L'INTENTION D'ATTAQUER SUR DEUX FRONTS.
ENTEN-DU.
ET APRÈS L'EXPLOSION, TIREZ-VOUS À TOUTES JAMBES.
DÉBROUILLEZ-VOUS POUR LES ARRÊTER.

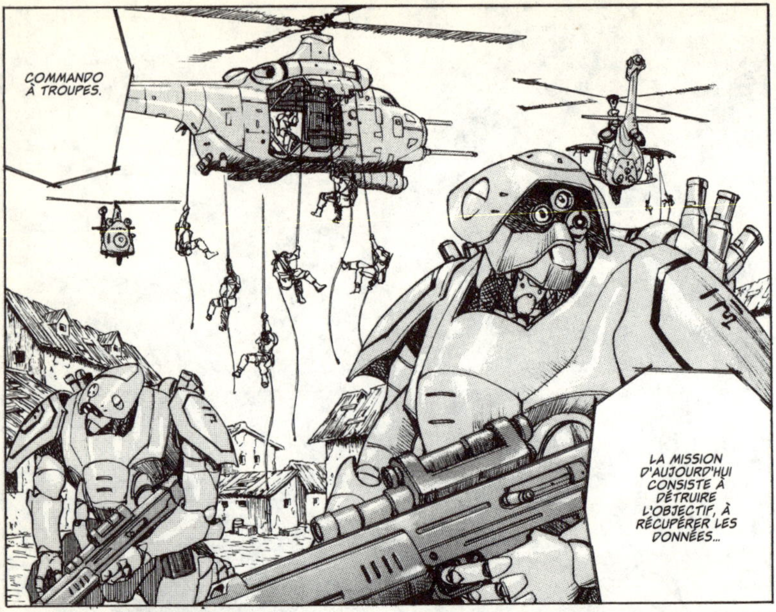
COMMANDO À TROUPES.
LA MISSION D'AUJOURD'HUI CONSISTE À DÉTRUIRE L'OBJECTIF, À RÉCUPÉRER LES DONNÉES...

... ET À CAPTURER SOFIA.
MAIS SI C'EST IMPOSSIBLE...

...VOUS AVEZ ORDRE DE DÉTRUIRE...
WIIIP
... SON CERVEAU.

RÉCAPITULONS, CACHUA.
CETTE VISIÈRE EST CONNECTÉE À MES YEUX ARTIFICIELS.
JE SERVIRAI D'APPÂT POUR LES FAIRE AVANCER.
QUAND ILS SERONT DANS L'AXE...
... TU APPUIES SUR LE BOUTON À MON SIGNAL.
DANS TOUS LES CAS, NE BOUGE PAS D'ICI.

ET SI PAR MALHEUR ILS TE TROUVENT...
... SOULÈVE LE COUVERCLE ET APPUIE SUR LE BOUTON ROUGE.
ÇA FERA EXPLOSER LES MURS...
... L'ENTRÉE DU TEMPLE SERA BLOQUÉE.
... ET COMME ÇA...
APRÈS, REJOINS LES AUTRES EN EMPRUNTANT LE CHEMIN QU'ON A PRIS POUR VENIR ICI.
C'EST TOUT.
MAIS TOI ? SI L'ENTRÉE EST BLOQUÉE, COMMENT TU VAS T'ÉCHAPPER ?

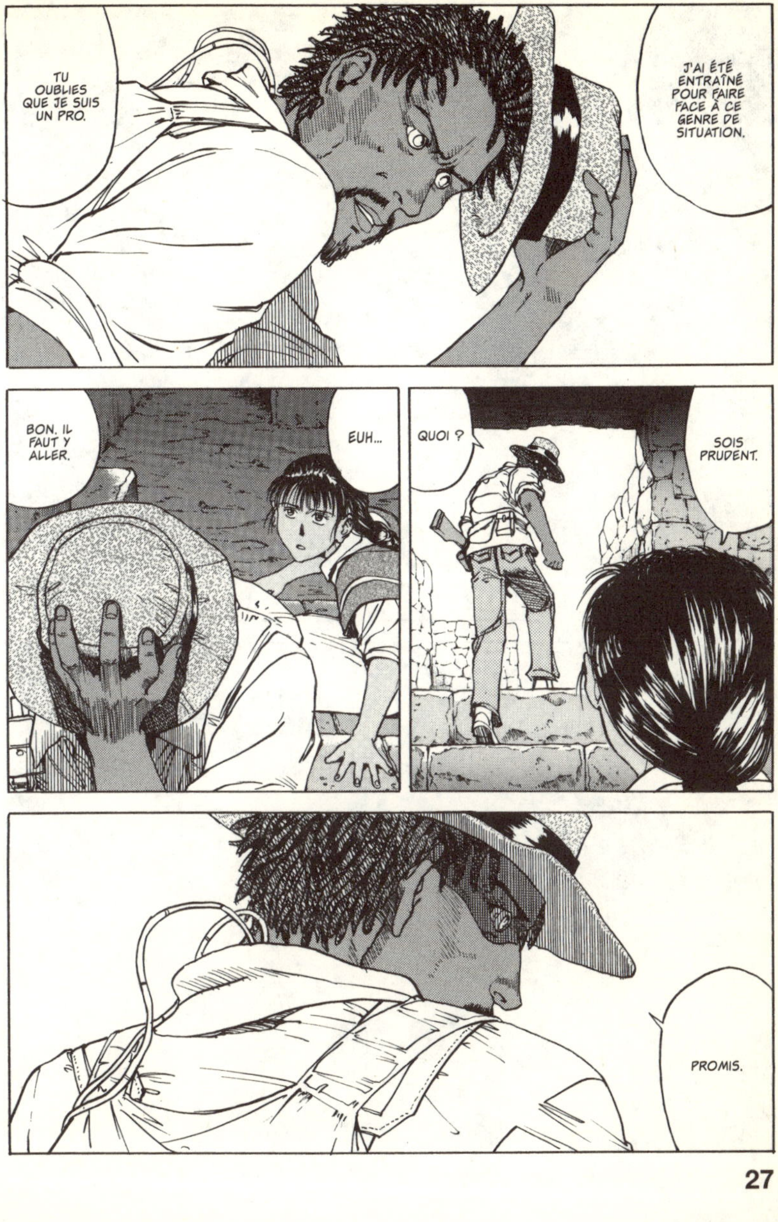
J'AI ÉTÉ ENTRAÎNÉ POUR FAIRE FACE À CE GENRE DE SITUATION.
TU OUBLIES QUE JE SUIS UN PRO.
EUH...
BON. IL FAUT Y ALLER.
SOIS PRUDENT.
QUOI ?
PROMIS.

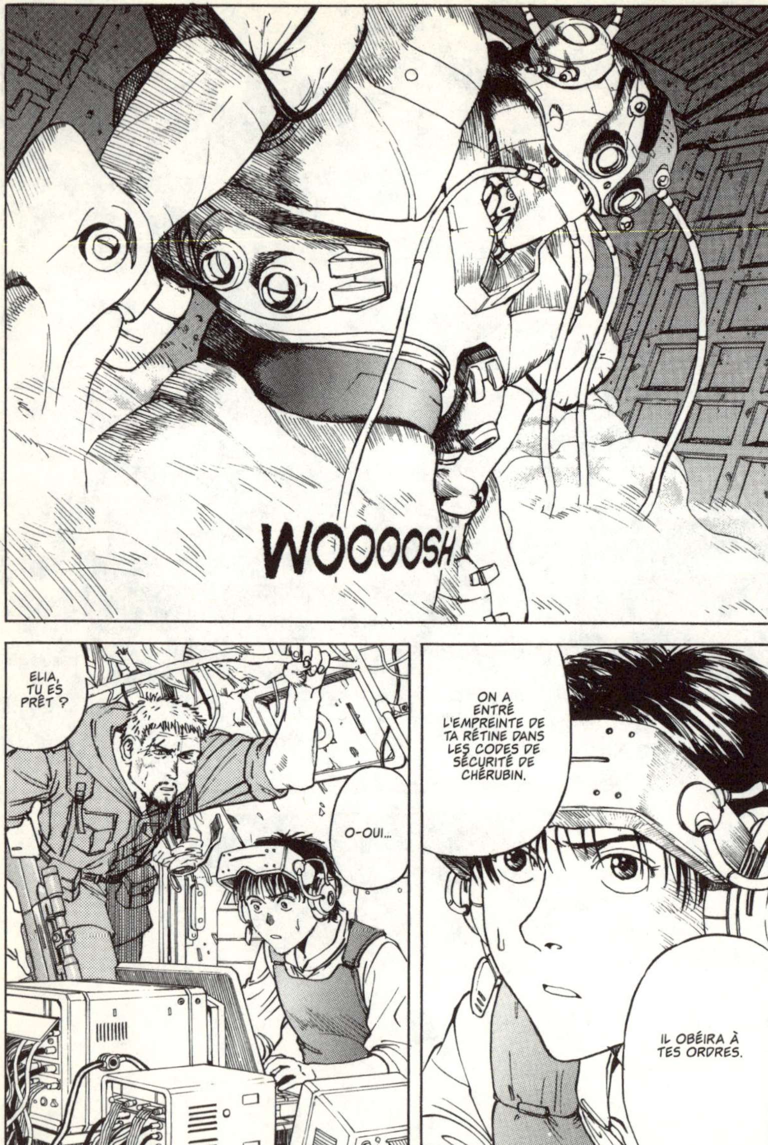
WOOOOSH
ELIA, TU ES PRÊT ?
O-OUI...
ON A ENTRÉ L'EMPREINTE DE TA RÉTINE DANS LES CODES DE SÉCURITÉ DE CHÉRUBIN.
IL OBÉIRA À TES ORDRES.

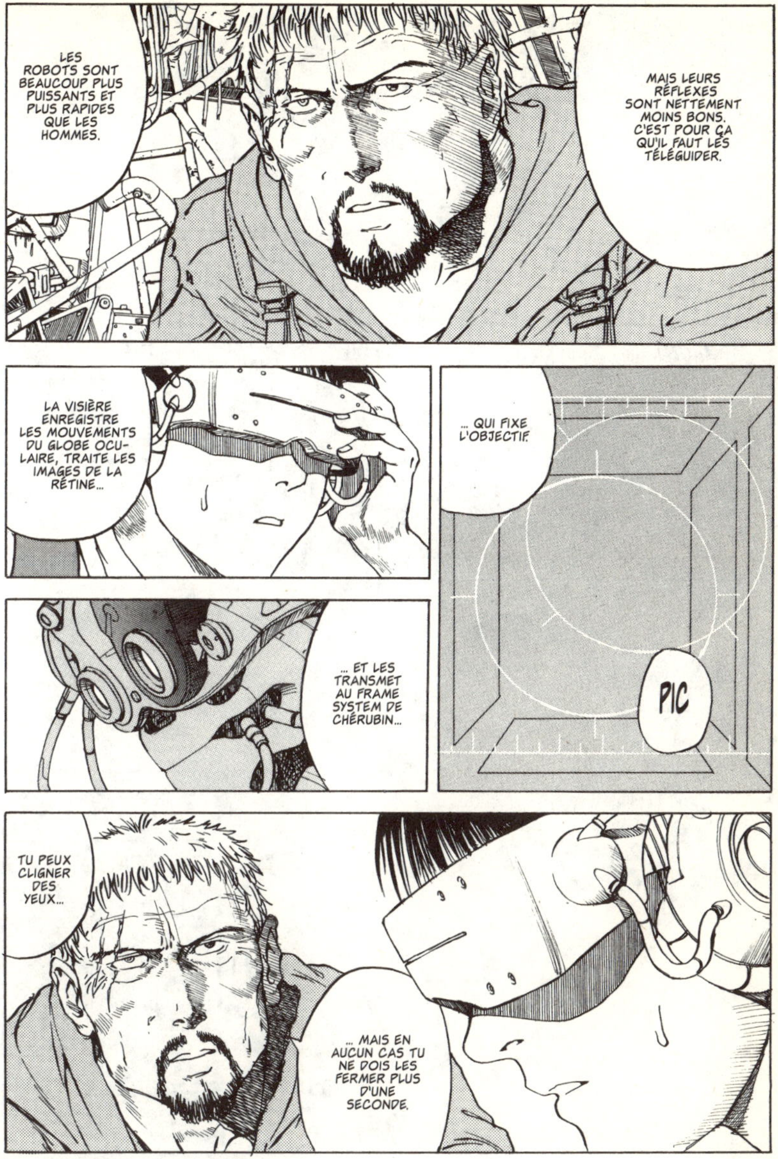
LES ROBOTS SONT BEAUCOUP PLUS PUISSANTS ET PLUS RAPIDES QUE LES HOMMES.
MAIS LEURS RÉFLEXES SONT NETTEMENT MOINS BONS. C'EST POUR ÇA QU'IL FAUT LES TÉLÉGUIDER.
LA VISIÈRE ENREGISTRE LES MOUVEMENTS DU GLOBE OCULAIRE, TRAITE LES IMAGES DE LA RÉTINE...
... ET LES TRANSMET AU FRAME SYSTEM DE CHÉRUBIN...
... QUI FIXE L'OBJECTIF.
PIC
TU PEUX CLIGNER DES YEUX...
... MAIS EN AUCUN CAS TU NE DOIS LES FERMER PLUS D'UNE SECONDE.

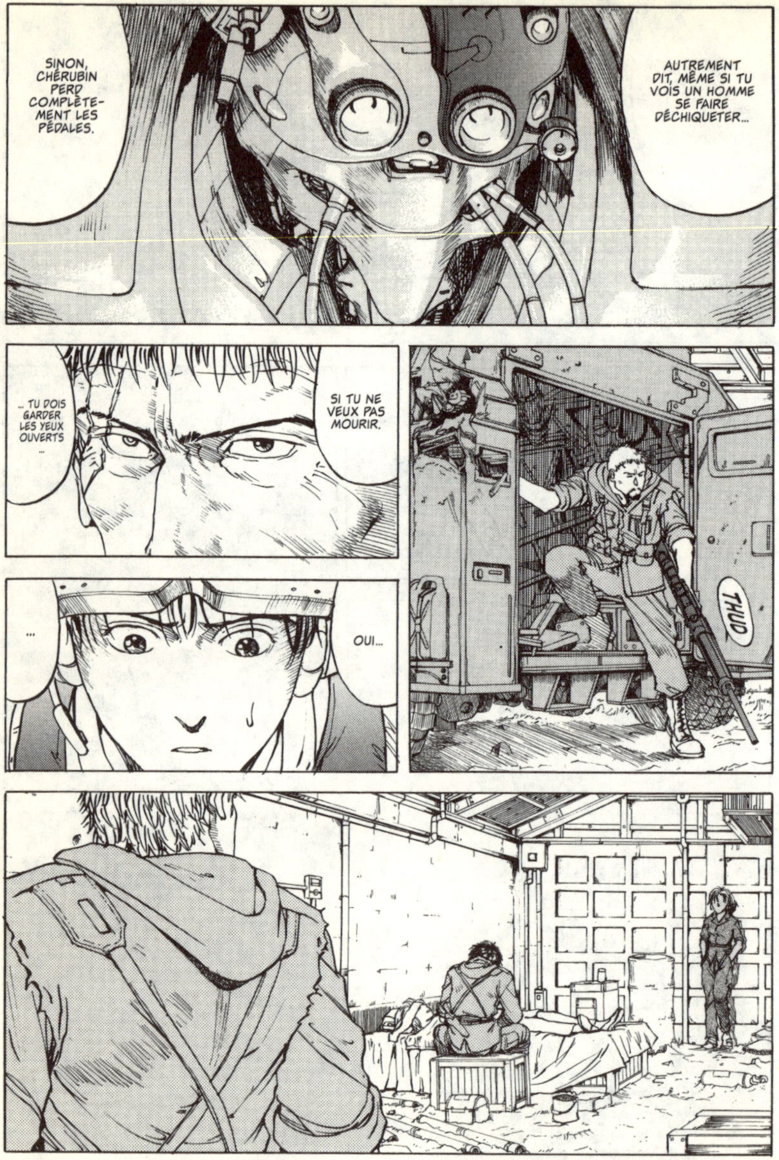
SINON, CHÉRUBIN PERD COMPLÈTE-MENT LES PÉDALES.
AUTREMENT DIT, MÊME SI TU VOIS UN HOMME SE FAIRE DÉCHIQUETER...
... TU DOIS GARDER LES YEUX OUVERTS ...
SI TU NE VEUX PAS MOURIR.
...
OUI...
THUD

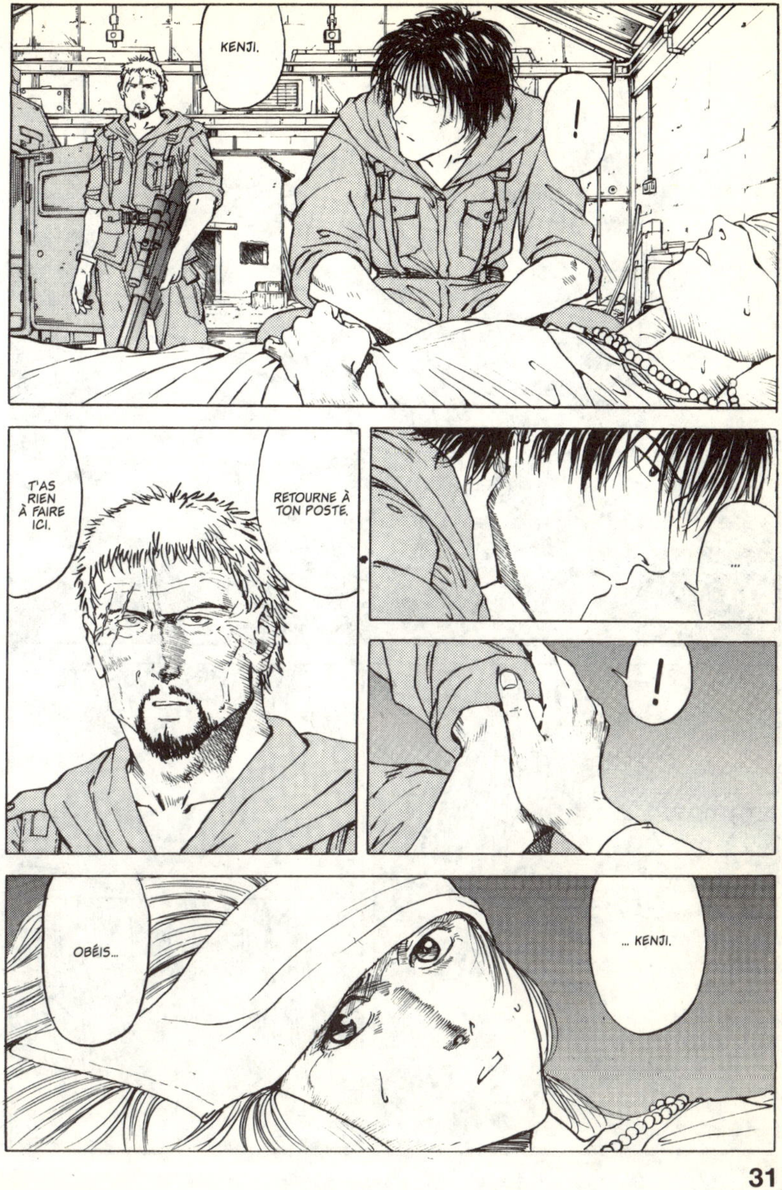
KENJI.
!
T'AS RIEN À FAIRE ICI.
RETOURNE À TON POSTE.
...
!
OBÉIS...
... KENJI.

...
OK.
HELENA.
!
TU RESTES AVEC SOFIA.
...
BIEN.

...
C'EST TROP FORT...
DEPUIS QUAND IL ME DONNE DES ORDRES, CELUI-LÀ ?
BIIIP
BIIIP
PRENDS BIEN SOIN DE TOI.
CACHUA ...
ILS ONT MÊME IMPLIQUÉ LE MORVEUX.

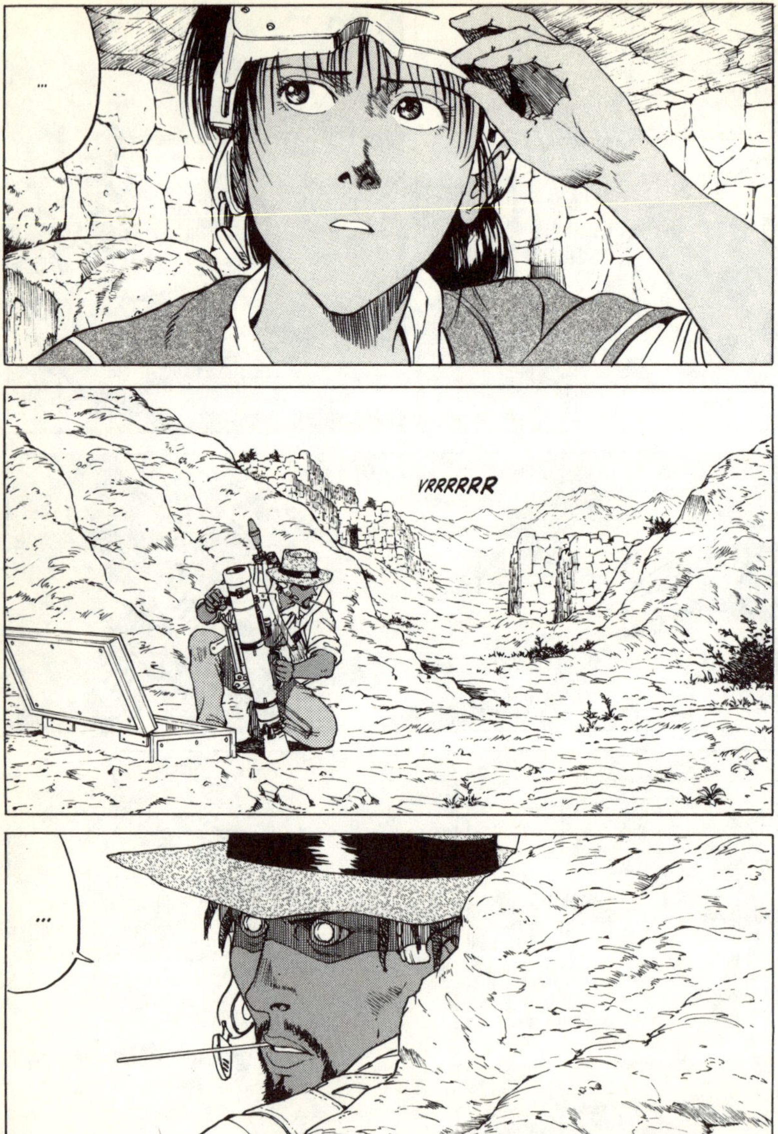
...
VRRRRRR
...

VOUS ÊTES PRÊTS ?

LA FÊTE VA COMMENCER...
VRRRRRR

chapitre 13 – ZÉNITH

VIENS VOIR ÇA.

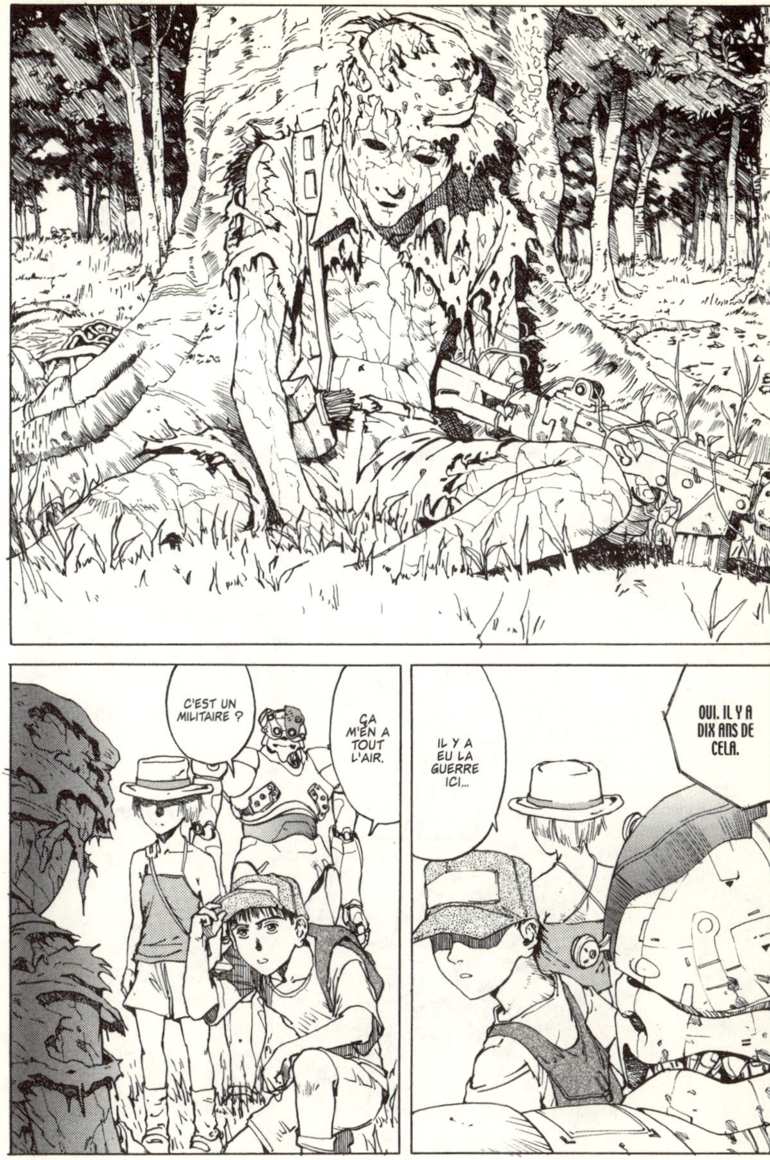
C'EST UN MILITAIRE ?
ÇA M'EN A TOUT L'AIR.
IL Y A EU LA GUERRE ICI...
OUI. IL Y A DIX ANS DE CELA.

EN TEMPS DE GUERRE, LES BLESSÉS SONT ENCOMBRANTS.
IL S'EST SANS DOUTE PERDU, OU BIEN ON L'A ABANDONNÉ.
WOOOO

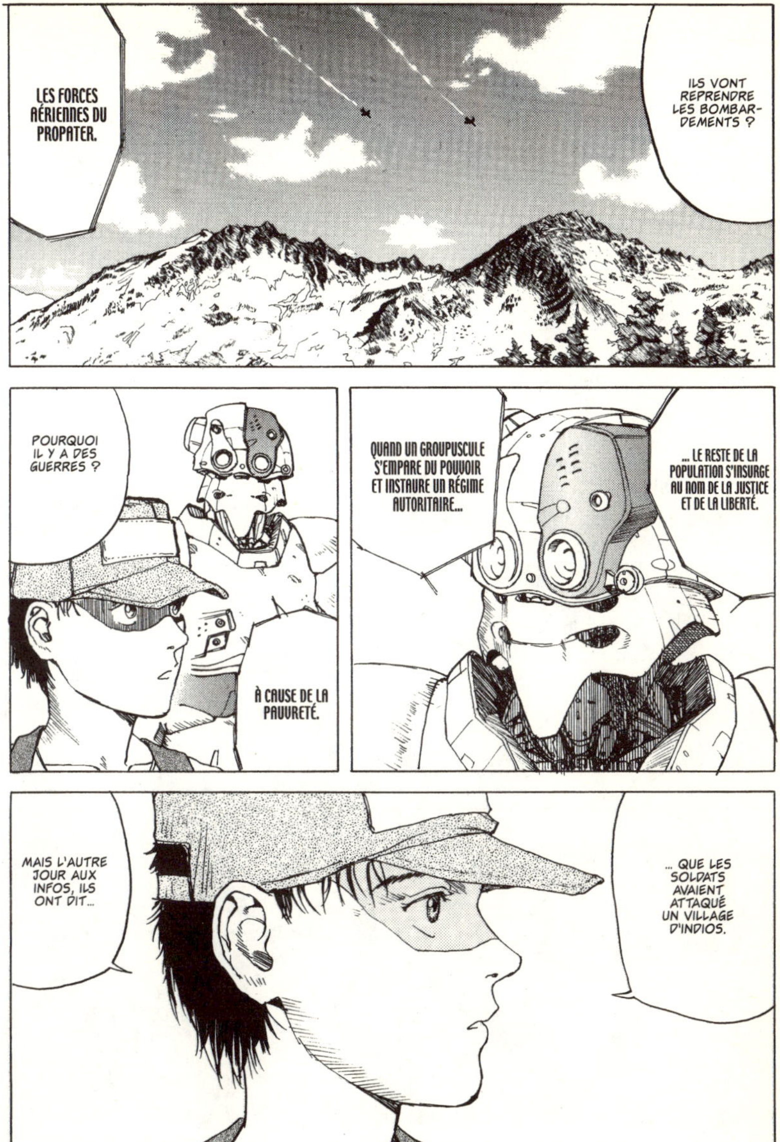
LES FORCES AÉRIENNES DU PROPATER.
ILS VONT REPRENDRE LES BOMBARDEMENTS ?
POURQUOI IL Y A DES GUERRES ?
À CAUSE DE LA PAUVRETÉ.
QUAND UN GROUPUSCULE S'EMPARE DU POUVOIR ET INSTAURE UN RÉGIME AUTORITAIRE...
... LE RESTE DE LA POPULATION S'INSURGE AU NOM DE LA JUSTICE ET DE LA LIBERTÉ.
MAIS L'AUTRE JOUR AUX INFOS, ILS ONT DIT...
... QUE LES SOLDATS AVAIENT ATTAQUÉ UN VILLAGE D'INDIOS.

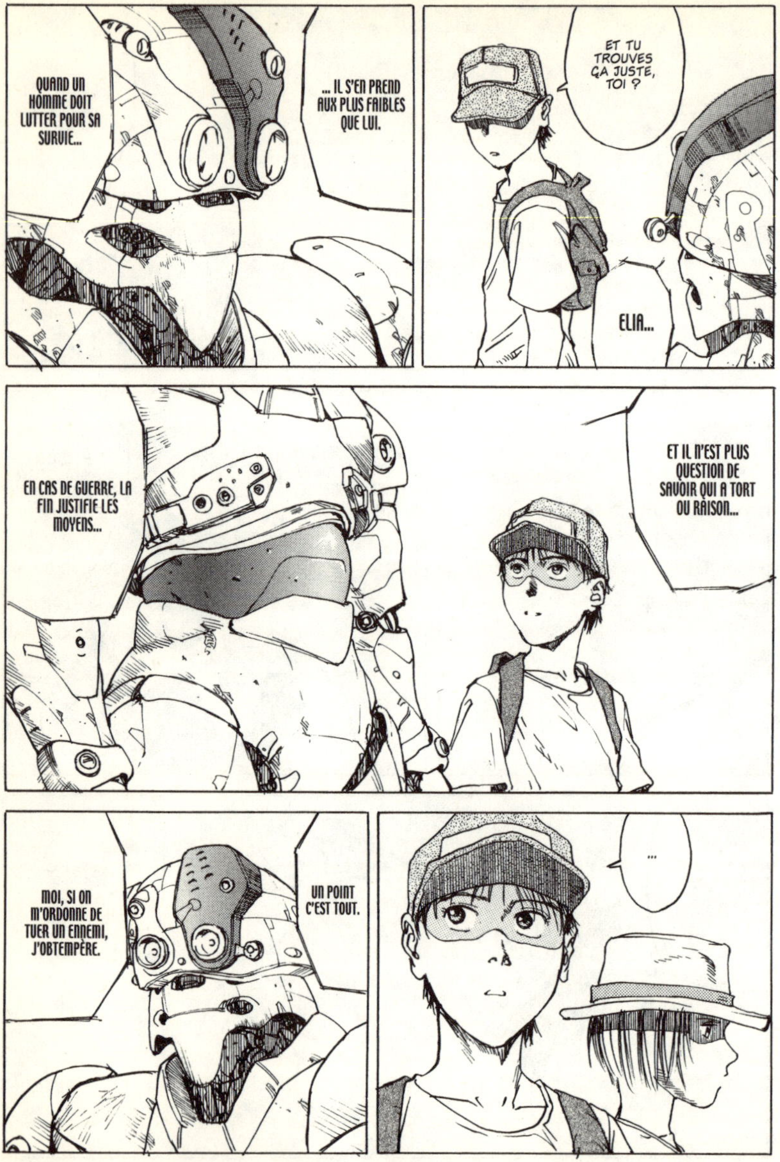
QUAND UN HOMME DOIT LUTTER POUR SA SURVIE...
... IL S'EN PREND AUX PLUS FAIBLES QUE LUI.
ET TU TROUVES ÇA JUSTE, TOI ?
ELIA...
EN CAS DE GUERRE, LA FIN JUSTIFIE LES MOYENS...
ET IL N'EST PLUS QUESTION DE SAVOIR QUI A TORT OU RAISON...
MOI, SI ON M'ORDONNE DE TUER UN ENNEMI, J'OBTEMPÈRE.
UN POINT C'EST TOUT.
...

!
TU PLEURES ?
HANA.

C'EST LUI QUI EST TRISTE.
NON, JE NE PLEURE PAS.
"PÈRE, MÈRE...
"PARDONNEZ-MOI...

"J'AI HONTE DE...
"... MOURIR ICI."

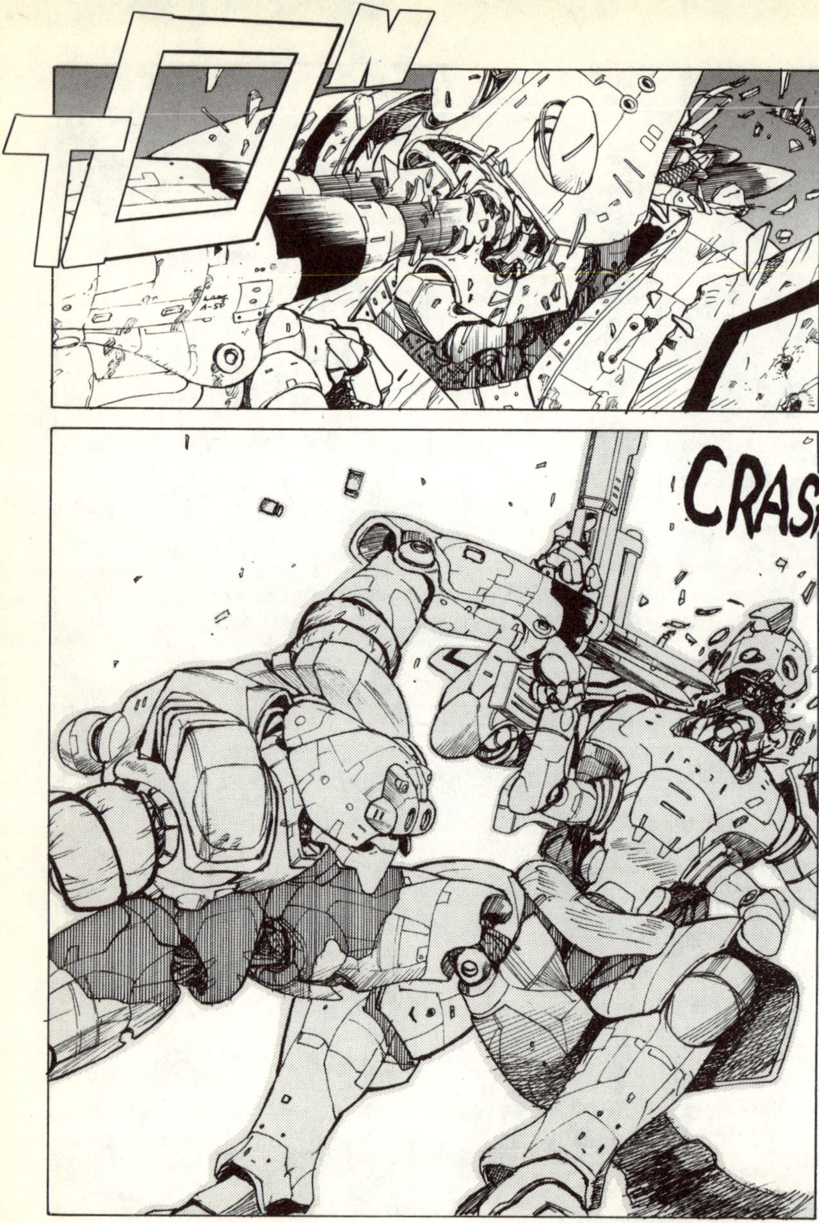
TON
A-50
CRASH

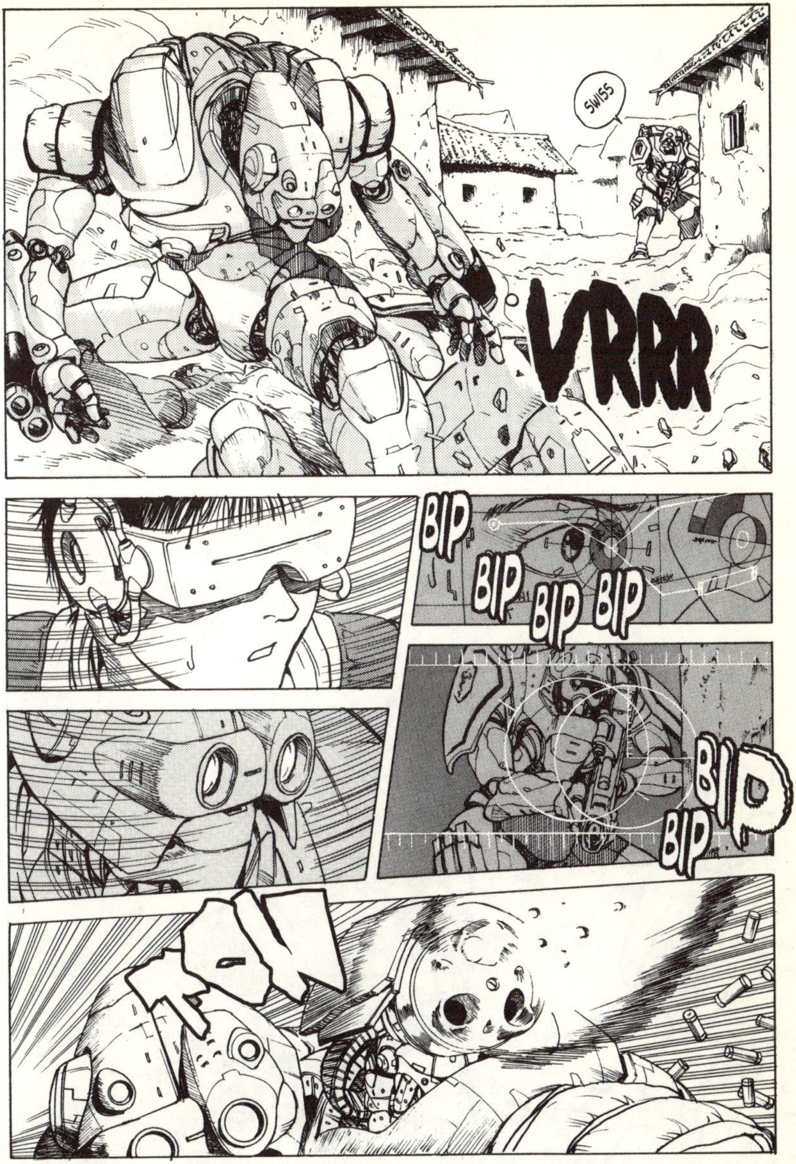

SWISS
VRRR
BIP
BIP
BIP
BIP
BIP
BIP

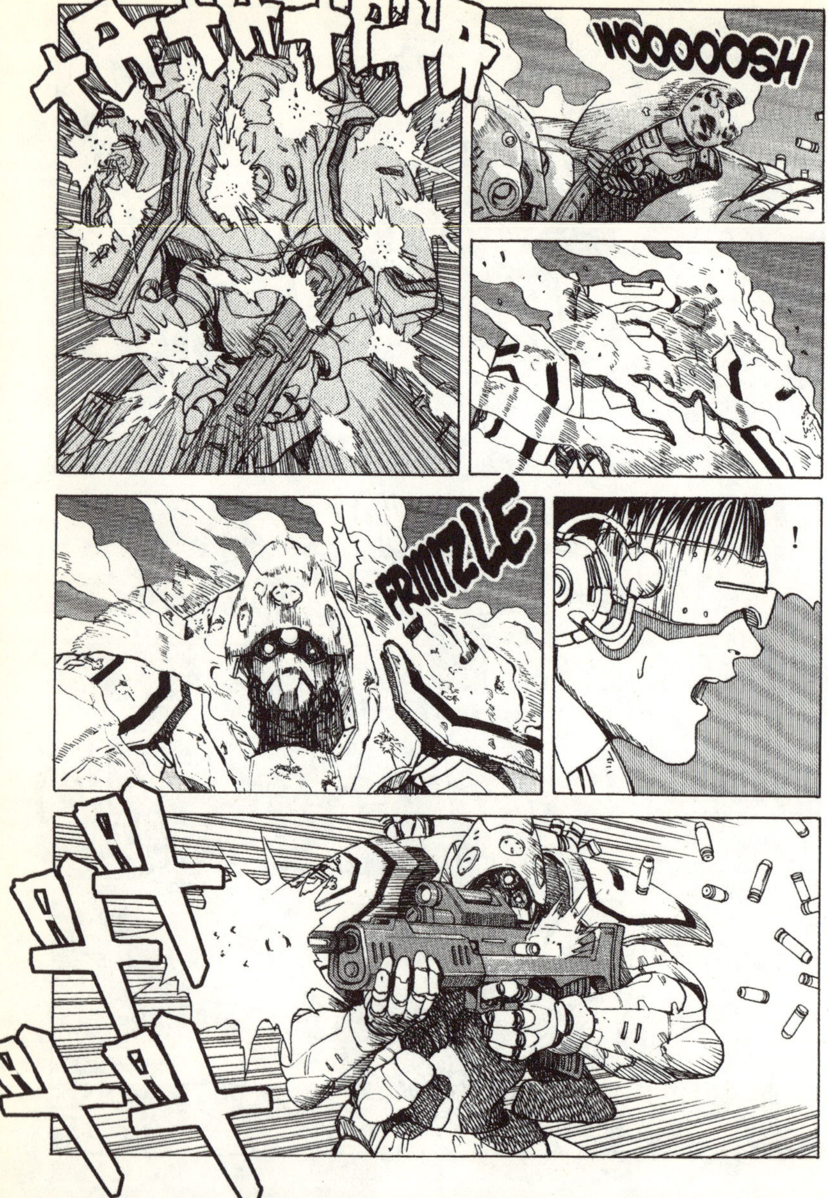
WOOOOOSH
!

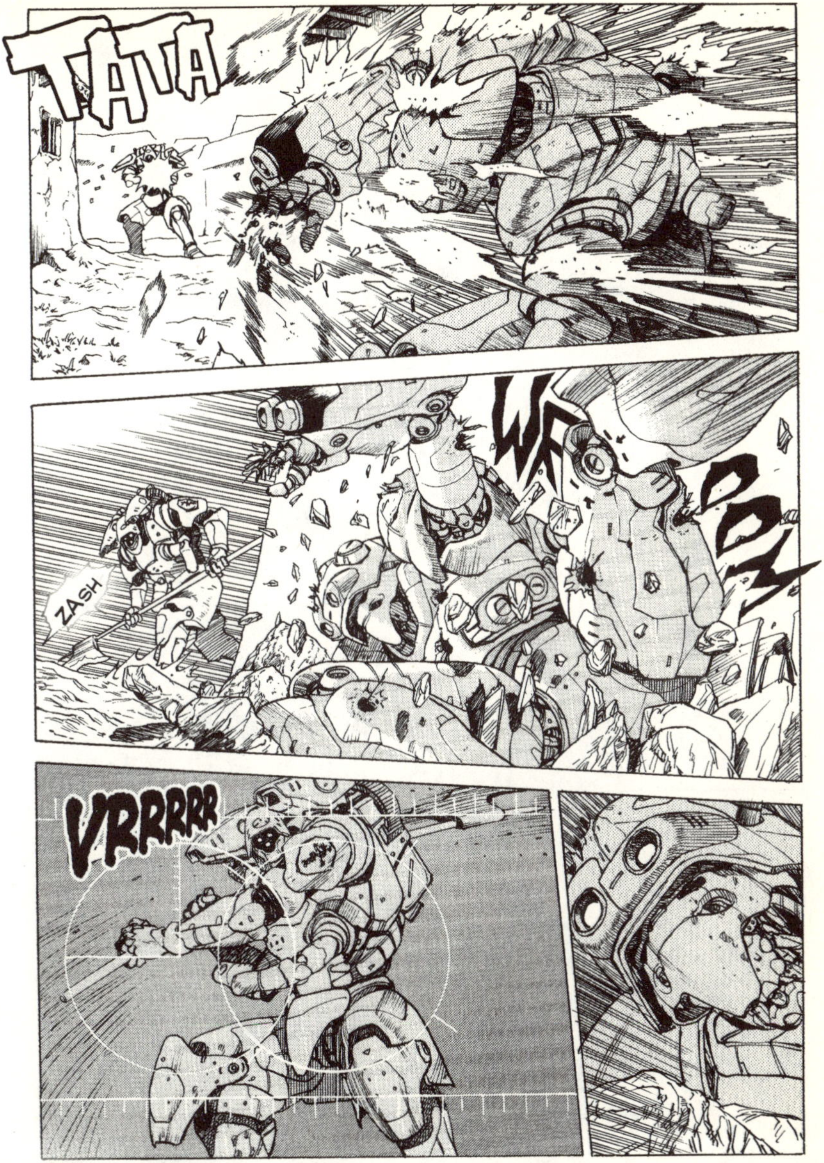
TATA
ZASH
WF
DOM
VRRRRR

VZZZZZZ
VZZZZZZ

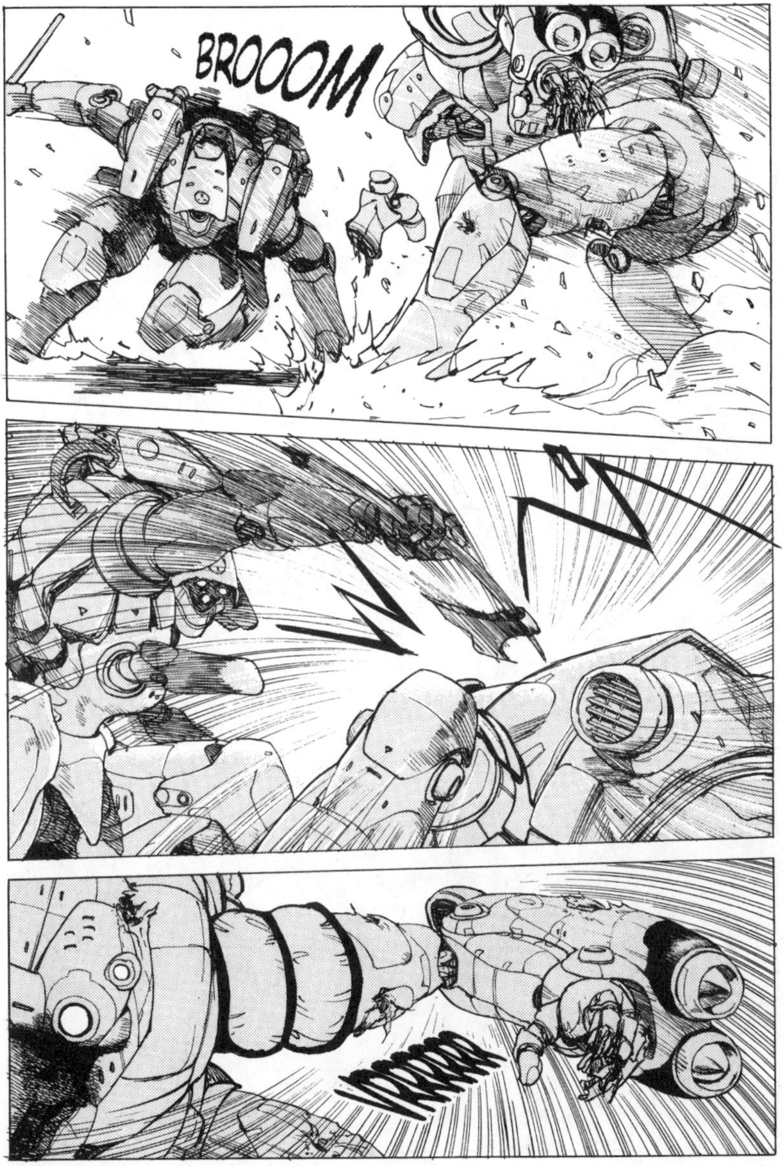
BROOOM
VRRRRR

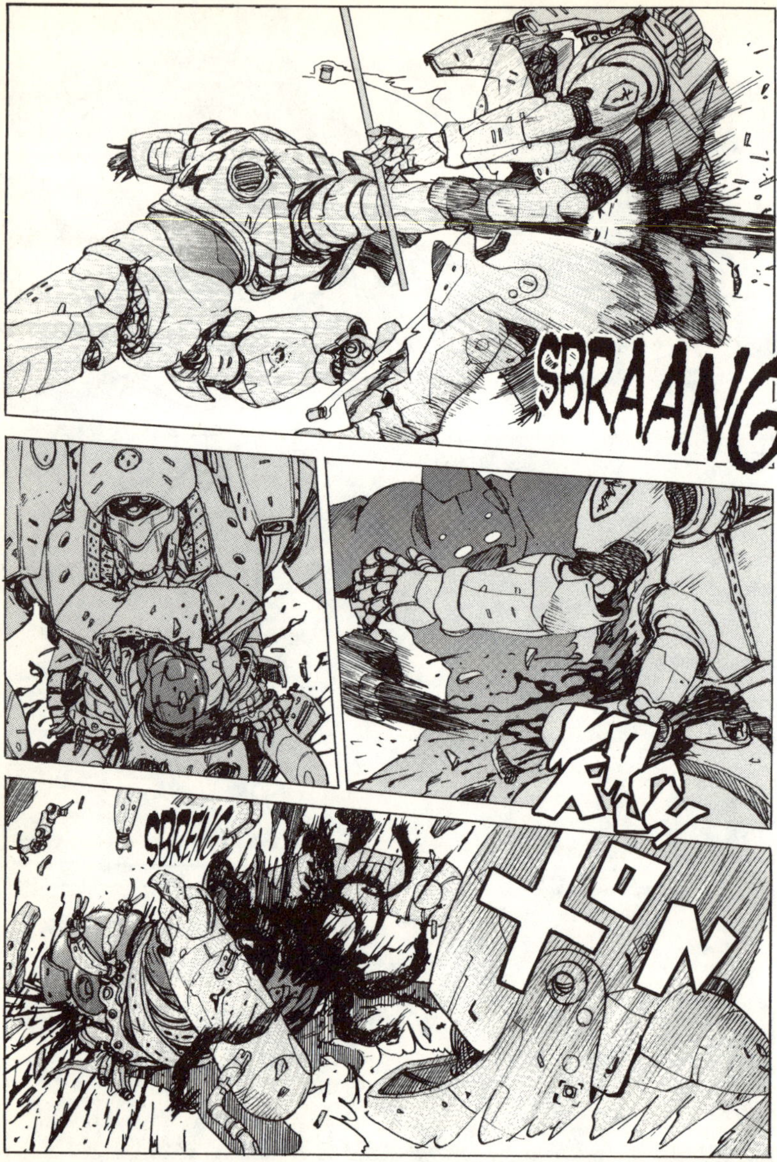
SBRAANG
KRACH
SBRENG
XON

MM...
POINT•7•
RETINA• P5-OUTPUT
AAAARGH!

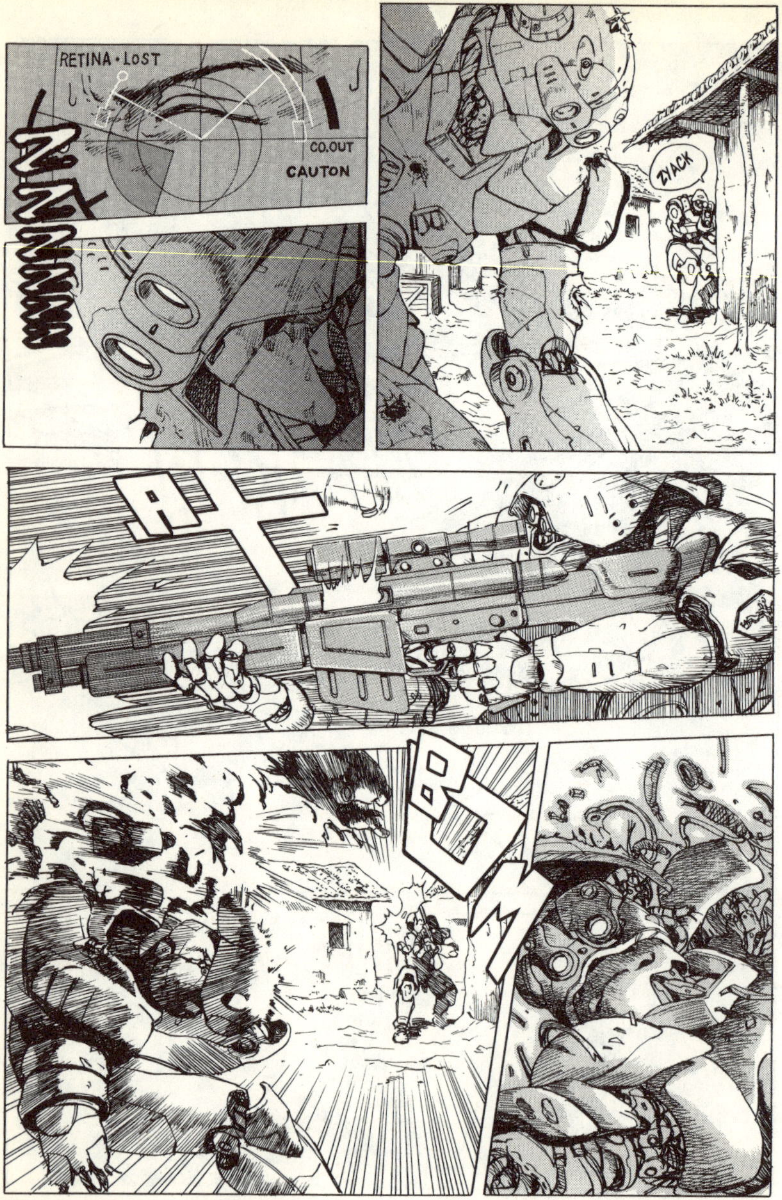

RETINA • LOST
CO.OUT
CAUTON
ZYACK
BOOM

WROOSH
COLONEL.
ILS SONT EN TRAIN DE MASSACRER CHÉRUBIN.
BIEN REÇU.
ELIA EST UN NOVICE.
KRRRR
C'EST DÉJÀ BIEN QU'IL AIT ATTIRÉ LA PLUPART DES BLINDÉS À L'ARRIÈRE.
DÈS QU'ILS SE SÉPARENT, TU LES ÉLIMINES.
CONTACTE WYCLIFFE. IL EST TEMPS D'ATTAQUER SUR L'AUTRE FRONT.

T-T-TRRR...
!
CACHUA.
O-OUI ?
JE T'ENTENDS CLAQUER DES DENTS.
CALME-TOI.
TU ES HORS DE PORTÉE DES PROJECTILES.
OK.

CACHUA, C'EST VRAI QUE CE TEMPLE S'APPELLE SACSAHUAMAN...
... ET QU'IL A ÉTÉ LE THÉÂTRE D'UNE GRANDE BATAILLE ENTRE PIZARRO ET CAPAC ?
OUI. DE CETTE COLLINE, ON POUVAIT CONTEMPLER TOUT CUZCO, LA CAPITALE DE L'EMPIRE INCA.
JE VOIS.
CA-CHUA...
OUI ?
LES INCAS ONT PERDU...
... MAIS NOUS, ON VAINCRA.

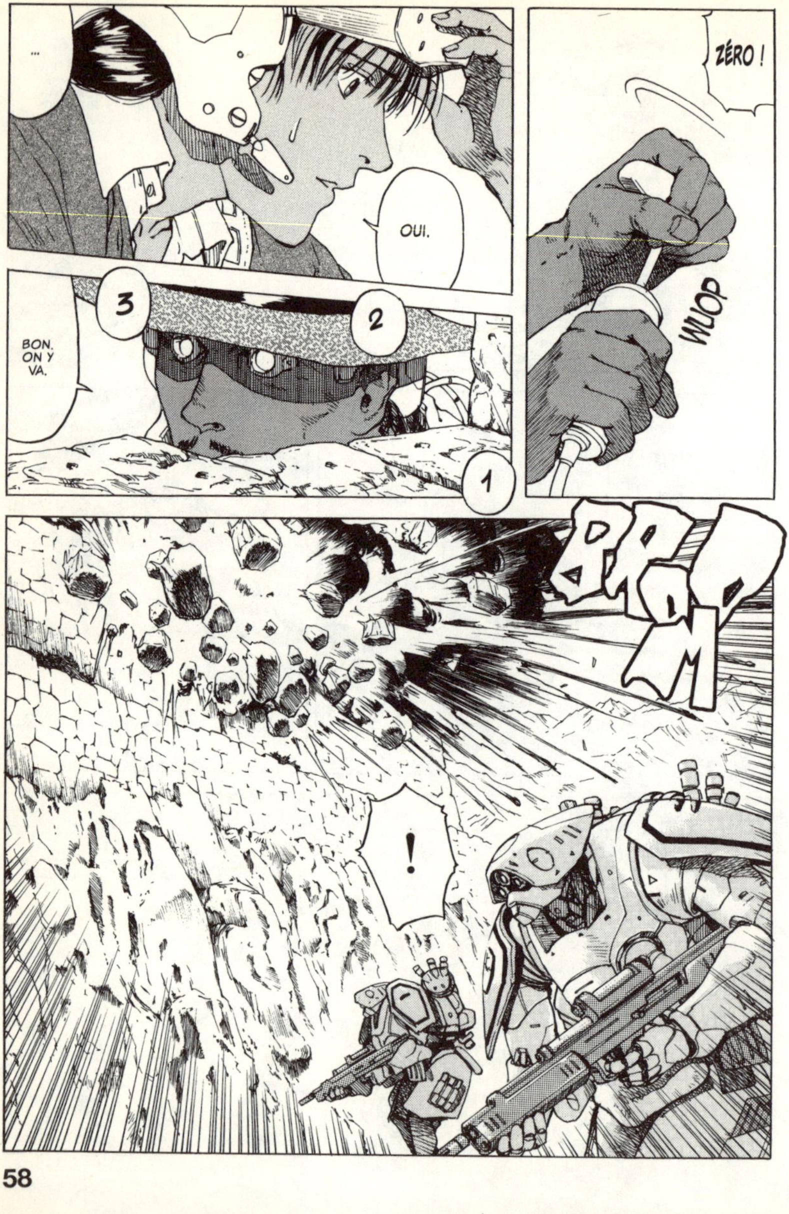
...
OUI.
ZÉRO !
WLOOP
BON. ON Y VA.
3
2
1
BROOM
!

VRRROOM
VRROM
ZZZZZZ
!

WOOOOOS
BROOM
WOOOsh
!
ZAC
TAP
TA TA TA TA TA

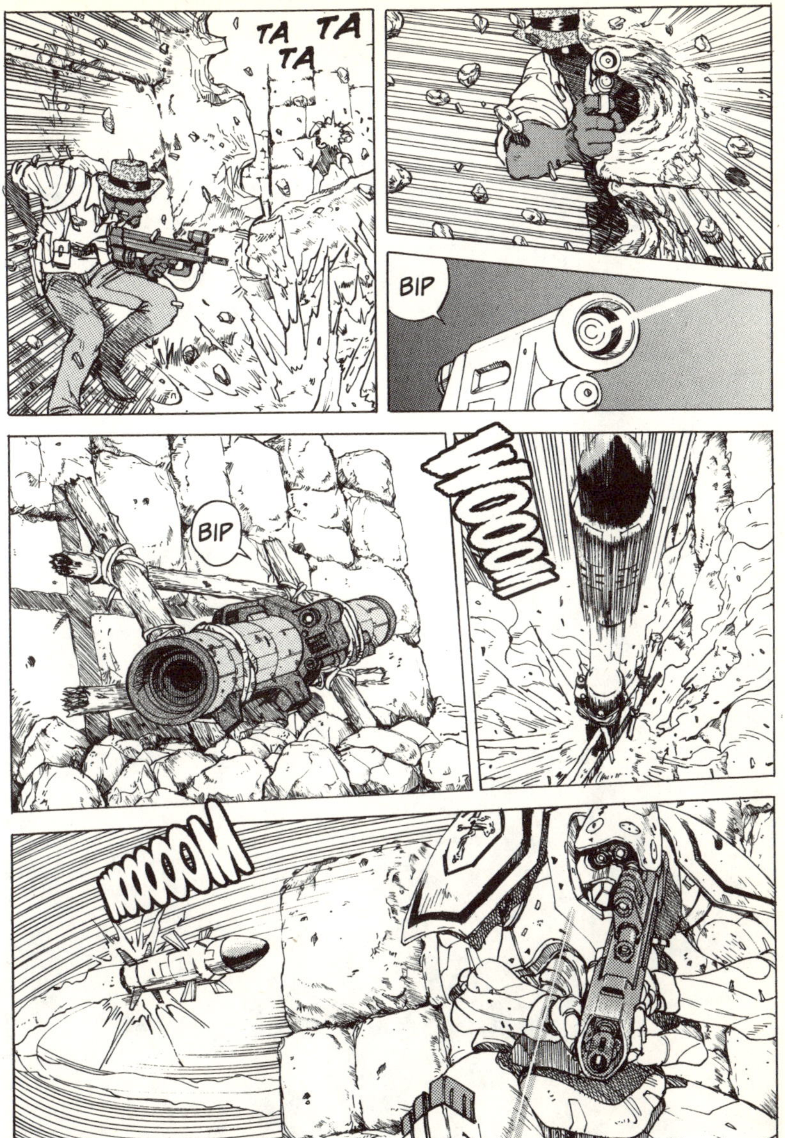
TA TA
TA
BIP
BIP
WHOOOM
WOOOOM

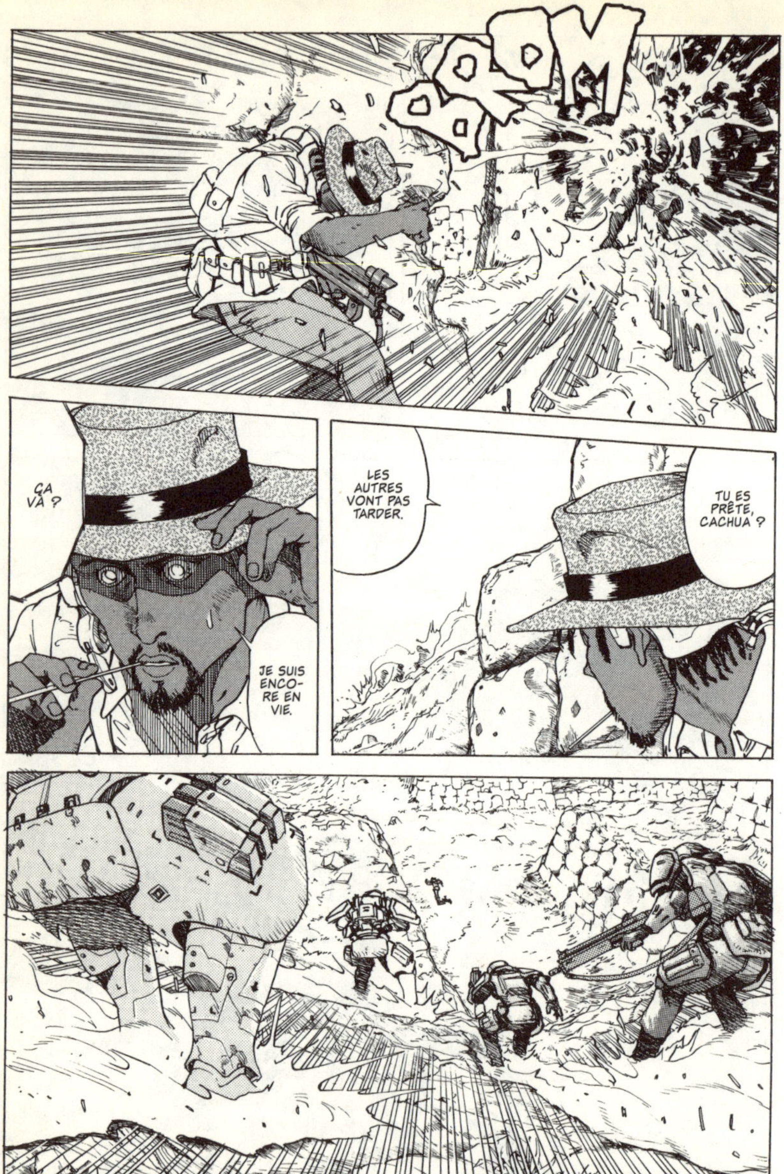
BROOM
ÇA VA ?
JE SUIS ENCORE EN VIE.
LES AUTRES VONT PAS TARDER.
TU ES PRÊTE, CACHUA ?

TA TA
TA
CA-
CHUA !
APPUIE
SUR LE
BOU-
TON !
KLACK
BIP
!
TR
RRRRR

VROOM

BROOM
?!
VZZZ
VZZZ
WYCLIFFE !
L'IMAGE...
VZZZ
!

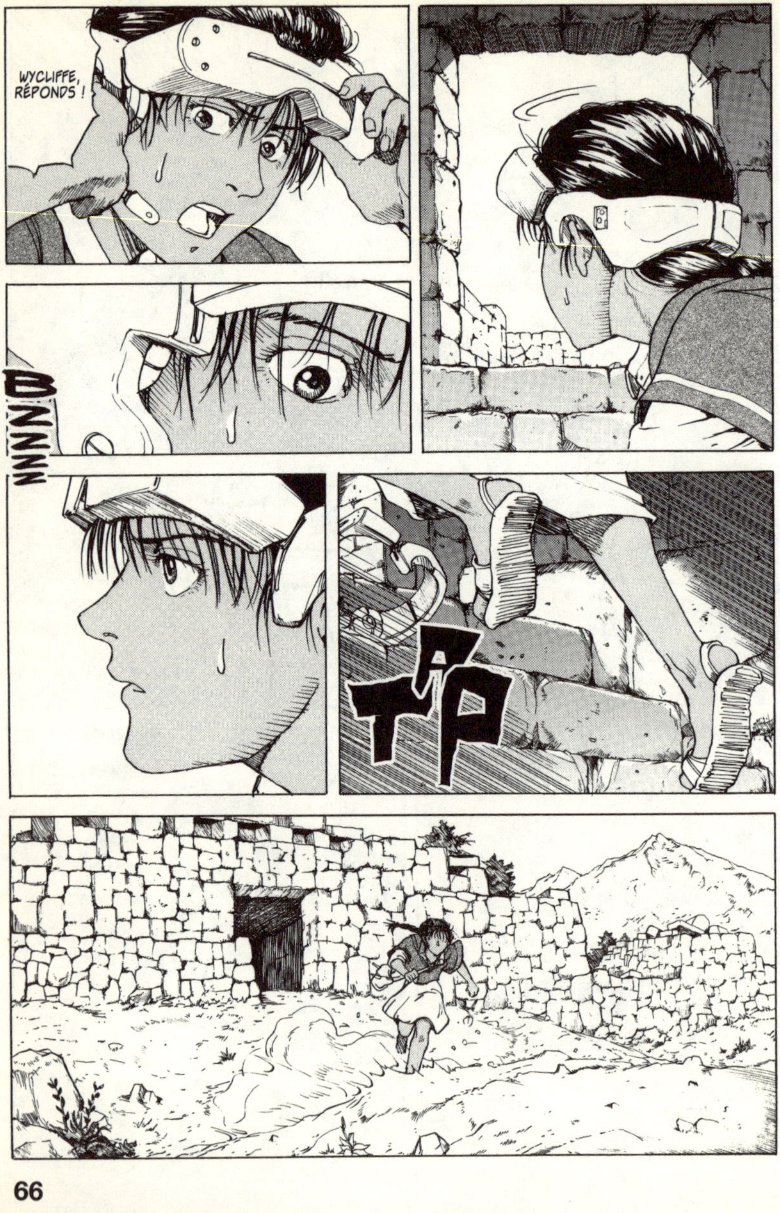
WYCLIFFE, RÉPONDS !
BZZZZZ
TAP

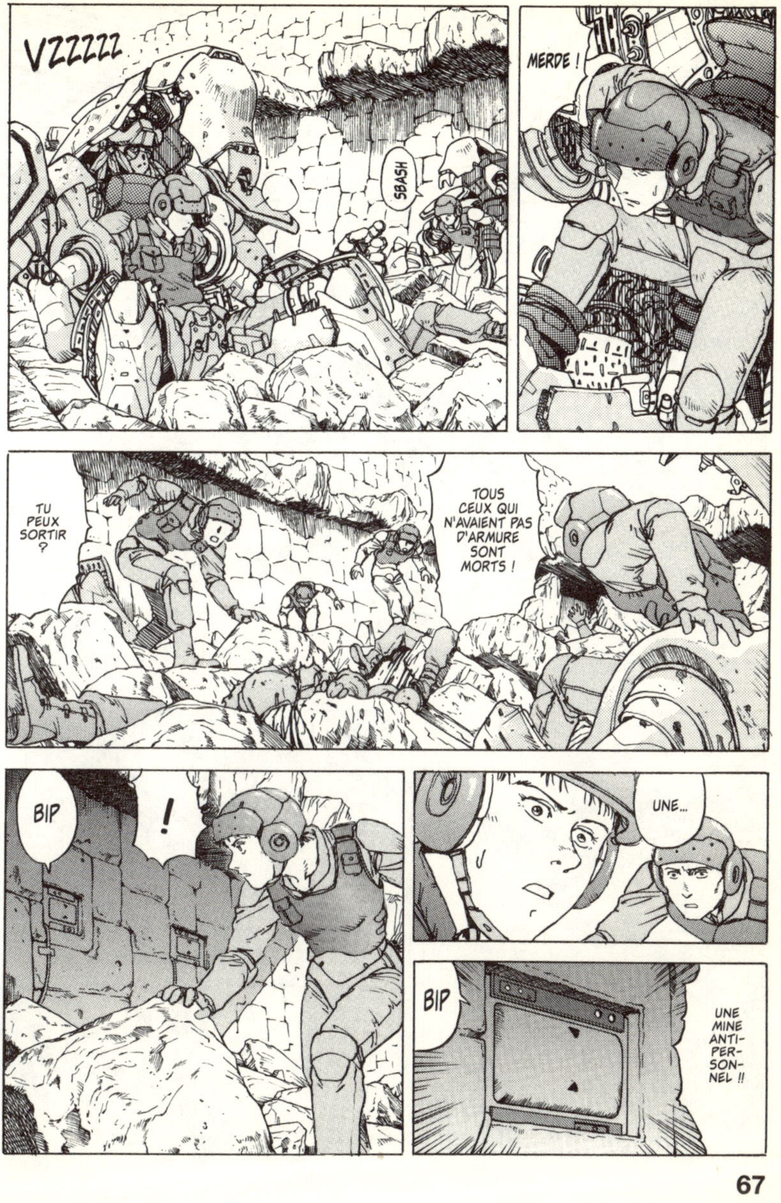
VZZZZZ
SBASH
MERDE !
TU PEUX SORTIR ?
TOUS CEUX QUI N'AVAIENT PAS D'ARMURE SONT MORTS !
BIP
!
UNE...
BIP
UNE MINE ANTI-PER-SON-NEL !!

WOOOOM
AAAAAH
!
FRUSH
FRUUSH
!

!
CACHUA !
QU'EST-CE QUI TE PREND ?
RESTE PAS LÀ !
CACHUA !!
MAIS QU'EST-CE QUE TU FOUS ?!

chapitre 14 – DÉCEPTION

UN AVERTISSEMENT...
LES IMBÉCILES.
ILS N'AURAIENT PAS DÛ PARTIR. ON A TOUT CE QU'IL FAUT ICI.
IL FAUT LE DIRE VITE.
ON EN SAIT TROP.
ILS VONT NOUS TUER TOUS.

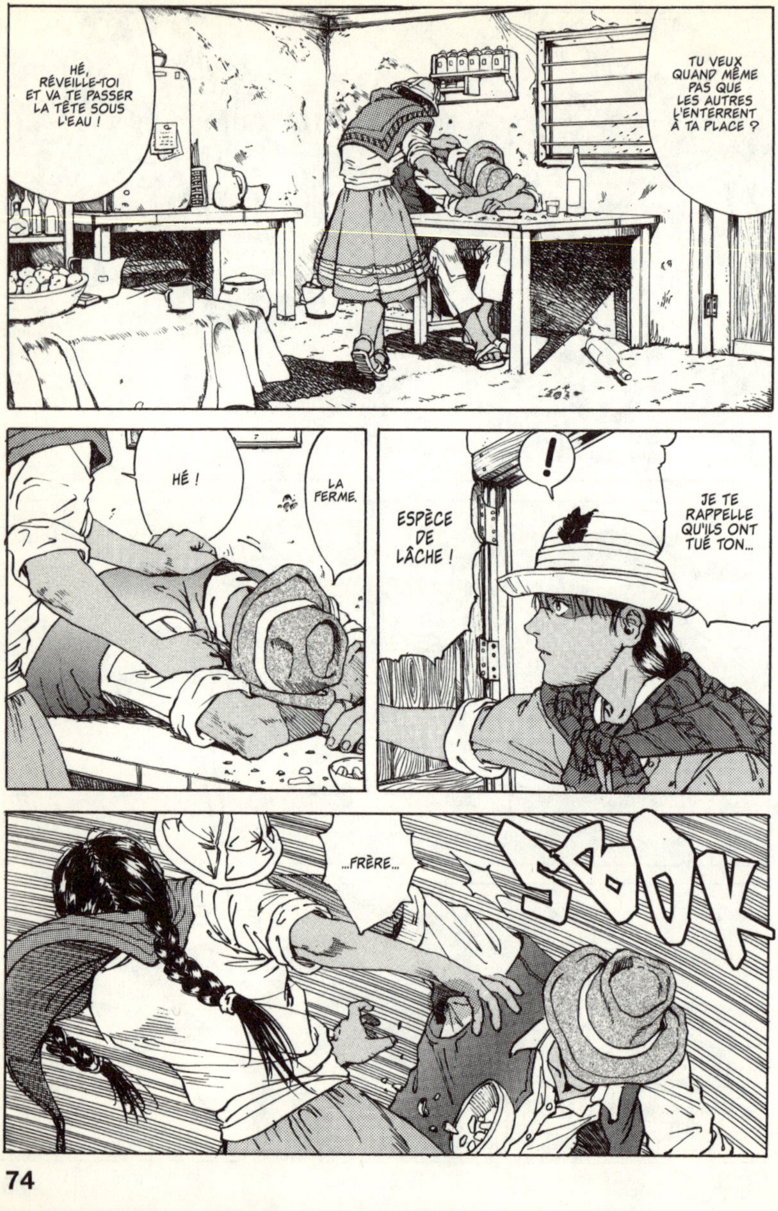
HÉ, RÉVEILLE-TOI ET VA TE PASSER LA TÊTE SOUS L'EAU !
TU VEUX QUAND MÊME PAS QUE LES AUTRES L'ENTERRENT À TA PLACE ?
HÉ !
LA FERME.
!
ESPÈCE DE LÂCHE !
JE TE RAPPELLE QU'ILS ONT TUÉ TON...
...FRÈRE...
SBOK

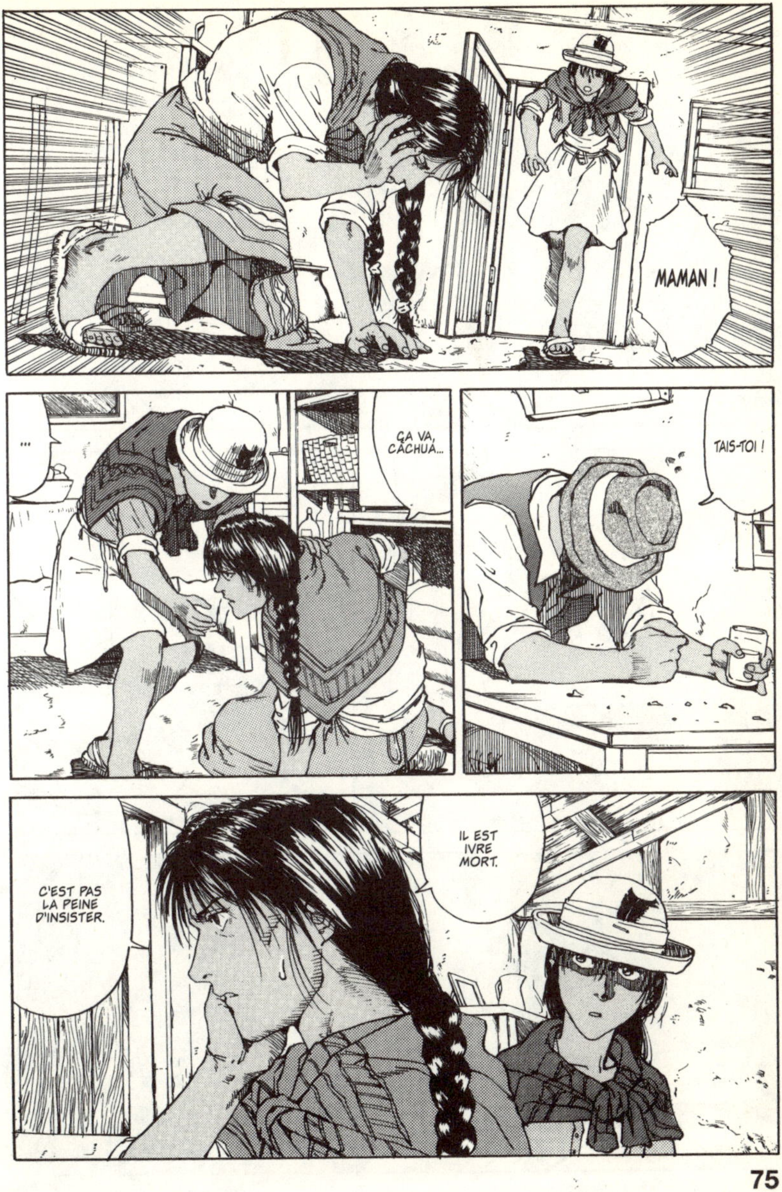
MAMAN !
ÇA VA, CACHUA...
...
TAIS-TOI !
IL EST IVRE MORT.
C'EST PAS LA PEINE D'INSISTER.

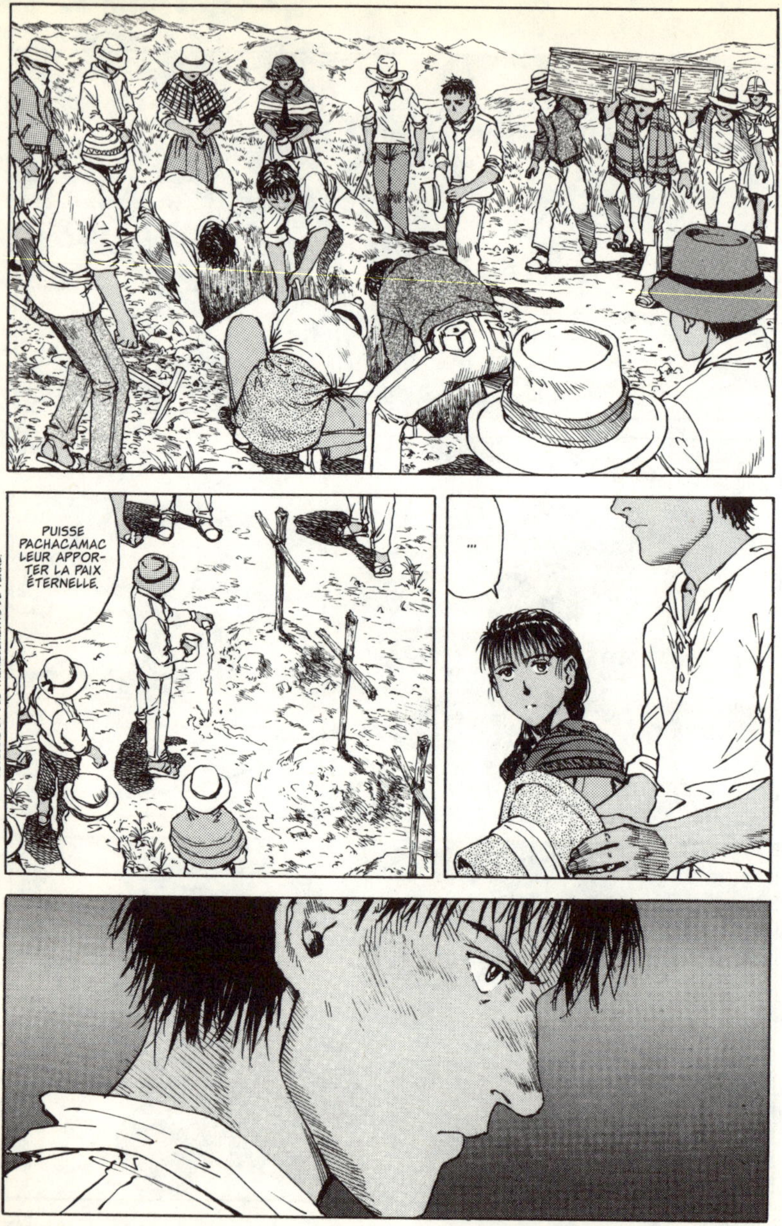

PACHACAMAC = DIEU PÉRUVIEN, SEIGNEUR DE LA TERRE, DES VOLCANS ET DES TREMBLEMENTS DE TERRE.

CRIP
!
FRUSH
!

GRAND FRÈRE...
...
TU NOUS QUITTES, C'EST ÇA ?
OUI.
ILS TE TUERONT.
SI JE RESTE ...
... CE SERA PAREIL.
T'EN SAIS RIEN.
LE PÈRE COSTERO A DIT...
... QU'ILS ALLAIENT REVENIR.

...
LUI AUSSI, C'EST UN GUÉRILLERO.
IL Y A DE BONS ET DE MAUVAIS SOLDATS.
ET IL EST CONTRE LA PRODUCTION CLANDESTINE DE COCA, LUI.
TU VAS LE REJOINDRE ?
J'AI PLUS RIEN À FAIRE ICI.
MAIS ON A RIEN À CRAINDRE, ET ON A TOUT CE QU'IL FAUT : L'EAU, L'ÉLECTRICITÉ...
À QUEL PRIX. ON A PERDU NOTRE LIBERTÉ.

SI JE RESTE, JE VAIS DEVENIR ALCOOLIQUE.
ET NOTRE AVENIR EST SANS ESPOIR.
...
ON EST AUX ORDRES DU CONSORTIUM.
ON NOUS A VOLÉ NOTRE HONNEUR.
ET JE VEUX PAS FINIR COMME PAPA.
IL ME DÉGOÛTE.
SI TOUT CE PASSE BIEN...
... JE REVIENDRAI VOUS CHERCHER, TOI ET MAMAN.

SALUT.
PRENDS SOIN D'ELLE.

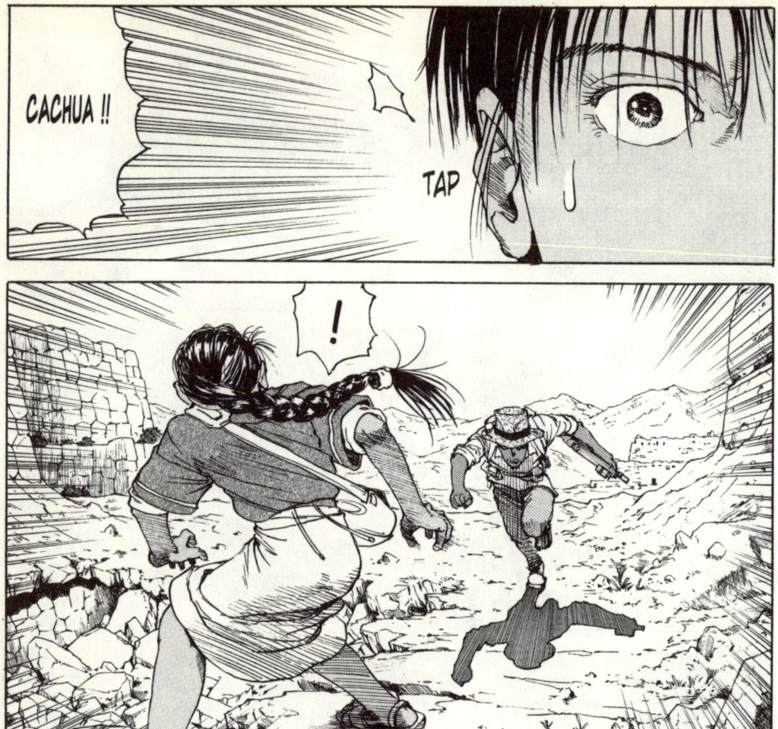
CACHUA !!
TAP
!
TATATA

TATATA
TATA
TA
...
QU'EST-CE QUI TE PREND DE RESTER PLANTÉE LÀ ? TU VAS TE FAIRE TUER !

...
...
À MON SIGNAL, PRENDS TES JAMBES À TON COU. JE TE COUVRE.
ON RETOURNE DANS LES RUINES.
O-OUI.
T'AS COMPRIS ?!
WOOOSH

COURS !
TA TA TA TA TA
TRRRR
!
TA TA TA TA
TATATATA

AAAH !
TA
TA
TA
T'ARRÊTE PAS !
TATATATA
ZAC
TA
!
ZAC
HAN
HAN
HAN
HAN
HAN

VA DANS LA SALLE DU FOND ET APPUIE SUR L'INTERRUP-TEUR !
TA TA TA
HAN
HAN
HAN
WOOSH
GRIP
BIP

BR OOM
WOOSH
WOOSH
WOOP
WOOP
WOOP

VRRRR
PFIUT...
ZAASH

ON A GAGNÉ UN PEU DE TEMPS.
ON VA REJOINDRE LE COLONEL.
ÇA VA ?
HÉ !
QU'EST-CE QUE T'AS ?
SBASH
OH ?
QUE...
QU'EST-CE QU'ON A FAIT ?!

HEIN ?
CE...
CETTE FAÇON DE TUER LES GENS...!
OH...
AVEC TOUT CE QUE J'AI MIS COMME POUDRE...
... ILS N'ONT PAS EU LE TEMPS DE SOUFFRIR.
C'EST PAS ÇA LE PROBLÈME !
SI J'AVAIS SU PLUS TÔT...
... J'AURAIS JAMAIS APPUYÉ SUR LE DÉTONATEUR.
ET J'AURAIS FAIT TOUT ÇA POUR RIEN ?
TU PLAISANTES, J'ESPÈRE.

IL Y AVAIT DES FEMMES AUSSI...
VOUS VOULEZ L'ÉGALITÉ ENTRE LES SEXES, OUI OU MERDE ?
ÉCOUTE-MOI BIEN, CACHUA.
ON EST EN GUERRE ET J'AI PAS ENVIE DE ME FAIRE TROUER.
ET ME PARLE PAS D'HUMANITÉ, J'EN AI RIEN À FOUTRE !
...
TU ME DÉGOÛTES !
SANS BLAGUE ?
ARRÊTE TES CONNERIES ET PASSE-MOI LE SAC.

T'ES BLESSÉ ?
J'AI ÉTÉ TOUCHÉ À L'ÉPAULE.
Y A DES BANDES DANS LE SAC...
FRUSH
...
DÉBROUIL-LE-TOI.
HÉ...
ATTENDS-MOI, TU VAS TE PERDRE TOUTE SEULE.
...

ON DIRAIT QU'IL Y A UN PASSAGE SOUTERRAIN.
ON POURRAIT DÉBLAYER L'ENTRÉE MAIS ÇA PRENDRAIT TROP DE TEMPS.
ET PUIS ILS NOUS ONT PEUT-ÊTRE TENDU UN PIÈGE À L'INTÉRIEUR.
LAISSEZ TOMBER CES DEUX-LÀ ET CONTINUEZ À AVANCER.
NEUF DE MES HOMMES SONT MORTS ET LES AUTRES ONT LES NERFS À VIF.
ILS NE PARTIRONT PAS SANS SE VENGER.
PAS QUESTION. LA BRIGADE AION VA S'EN CHARGER.

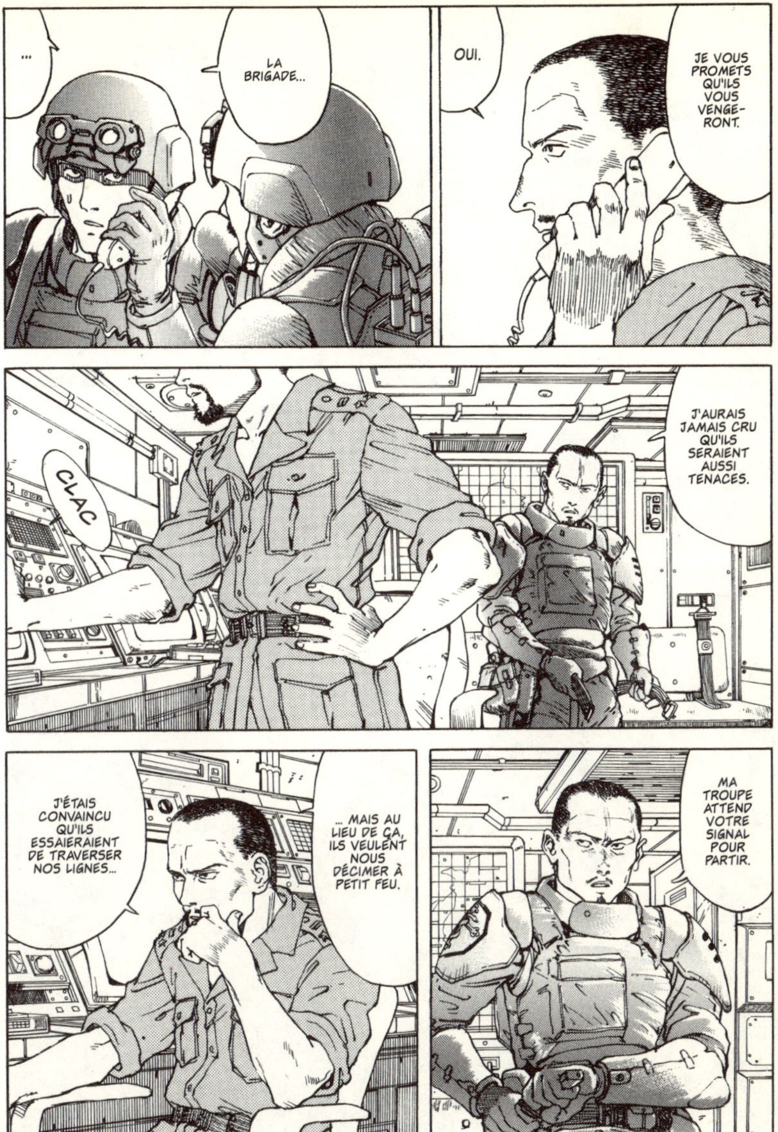
LA BRIGADE...
...
JE VOUS PROMETS QU'ILS VOUS VENGERONT.
OUI.
CLAC
J'AURAIS JAMAIS CRU QU'ILS SERAIENT AUSSI TENACES.
J'ÉTAIS CONVAINCU QU'ILS ESSAIERAIENT DE TRAVERSER NOS LIGNES...
... MAIS AU LIEU DE ÇA, ILS VEULENT NOUS DÉCIMER À PETIT FEU.
MA TROUPE ATTEND VOTRE SIGNAL POUR PARTIR.

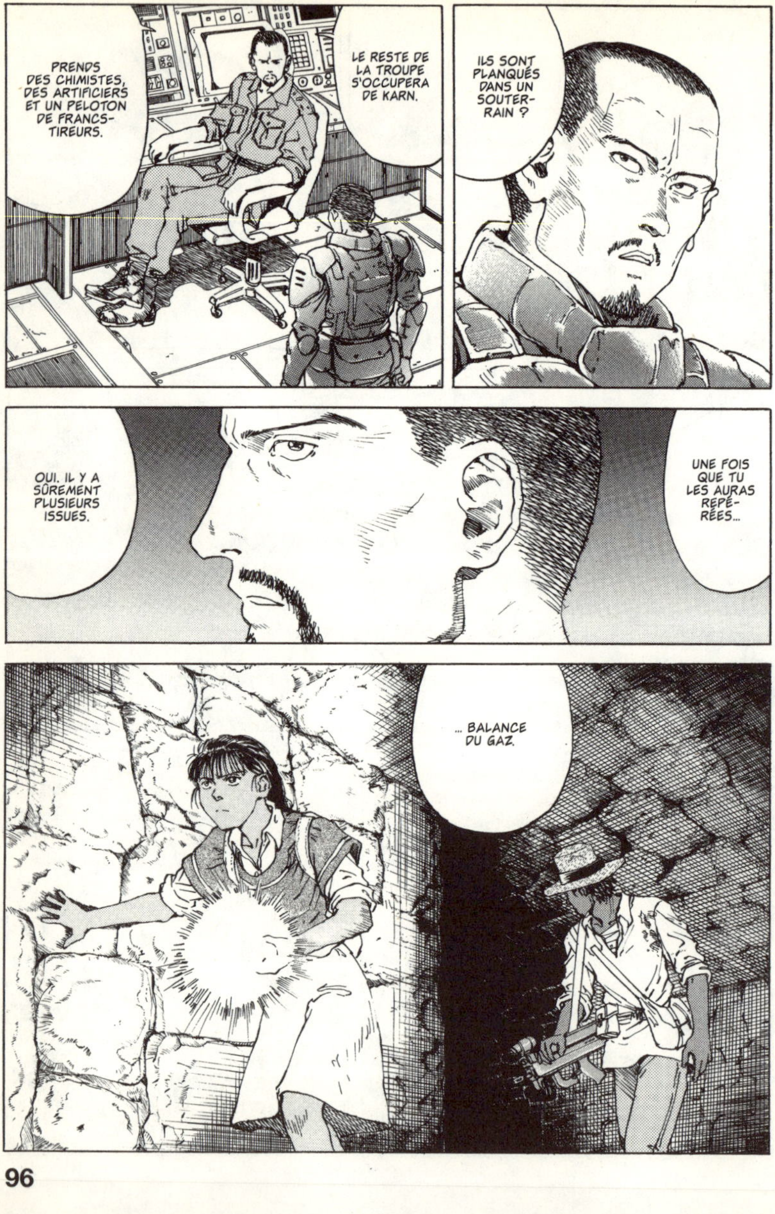
PRENDS DES CHIMISTES, DES ARTIFICIERS ET UN PELOTON DE FRANCS-TIREURS.
LE RESTE DE LA TROUPE S'OCCUPERA DE KARN.
ILS SONT PLANQUÉS DANS UN SOUTERRAIN ?
OUI. IL Y A SÛREMENT PLUSIEURS ISSUES.
UNE FOIS QUE TU LES AURAS REPÉRÉES...
... BALANCE DU GAZ.

chapitre 15 – TENSION

!
TUMP

VRUSH
SPLOT
?
!!

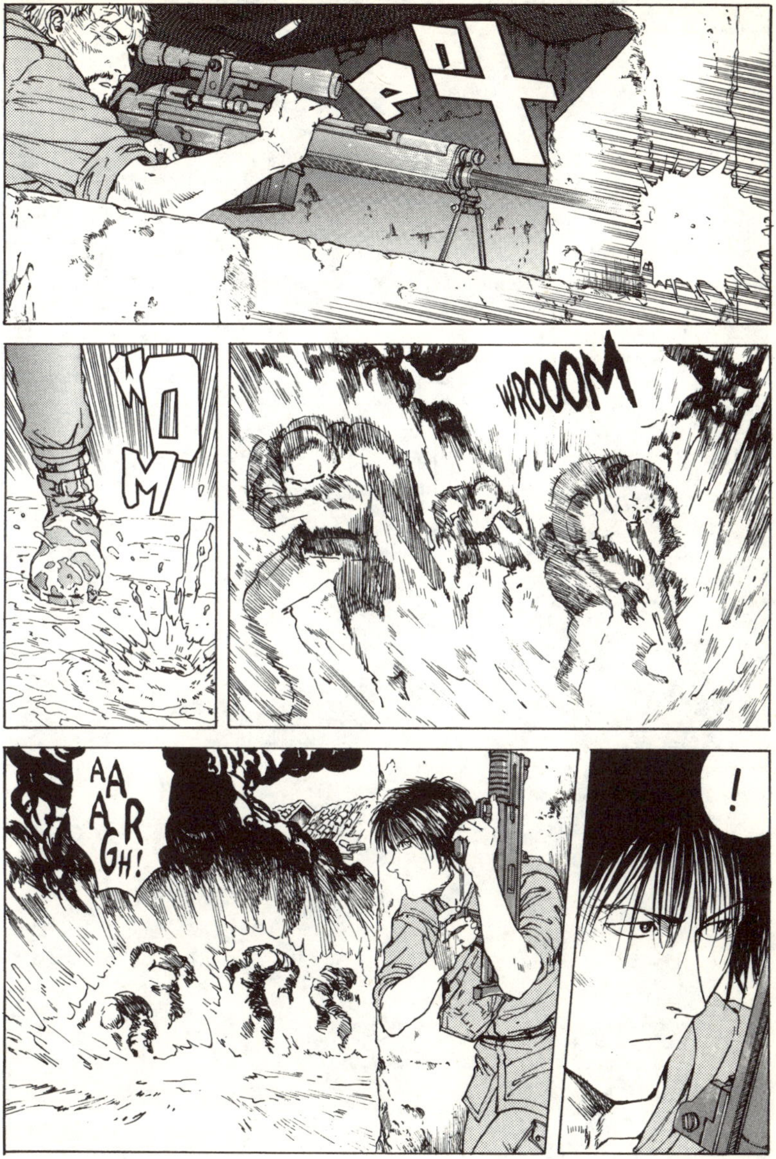
WROOOM
AAARGH!
!

SWISS
SDON
AH !

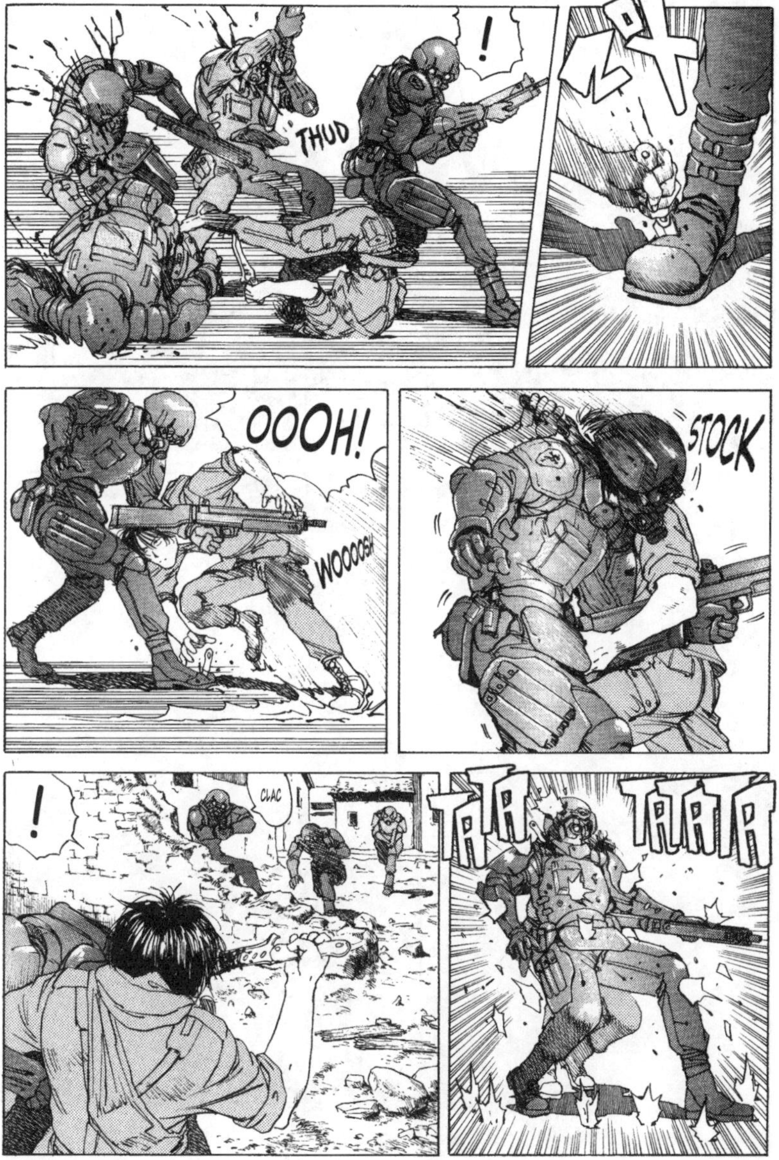
!
THUD
OOOH!
WOOOOSH
STOCK
!
CLAC
TATA
TATATA

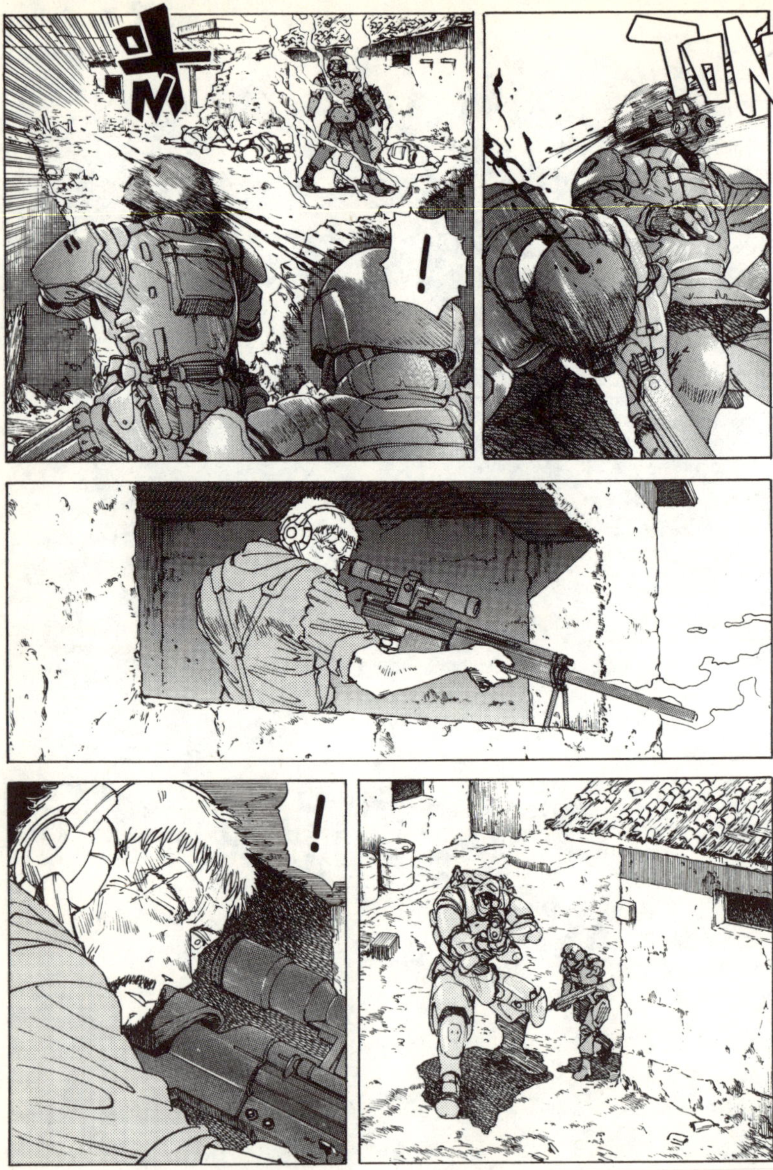

!
TON
!

WOOSH
TA TA TA TA
TATA
SWISH
!

WOSH
CLACK
CROK
VRRRRR
BIP

SCREEE
VRRRR
DUM
AAAAAH!

THUD

COLONEL...
J'AI FINI.

BIEN.
ON RETOURNE AUPRÈS DE SOFIA.
SCREEE
FAUT QU'ON TRAVERSE LA LIGNE ENNEMIE.
OK.
!
WOOOOM

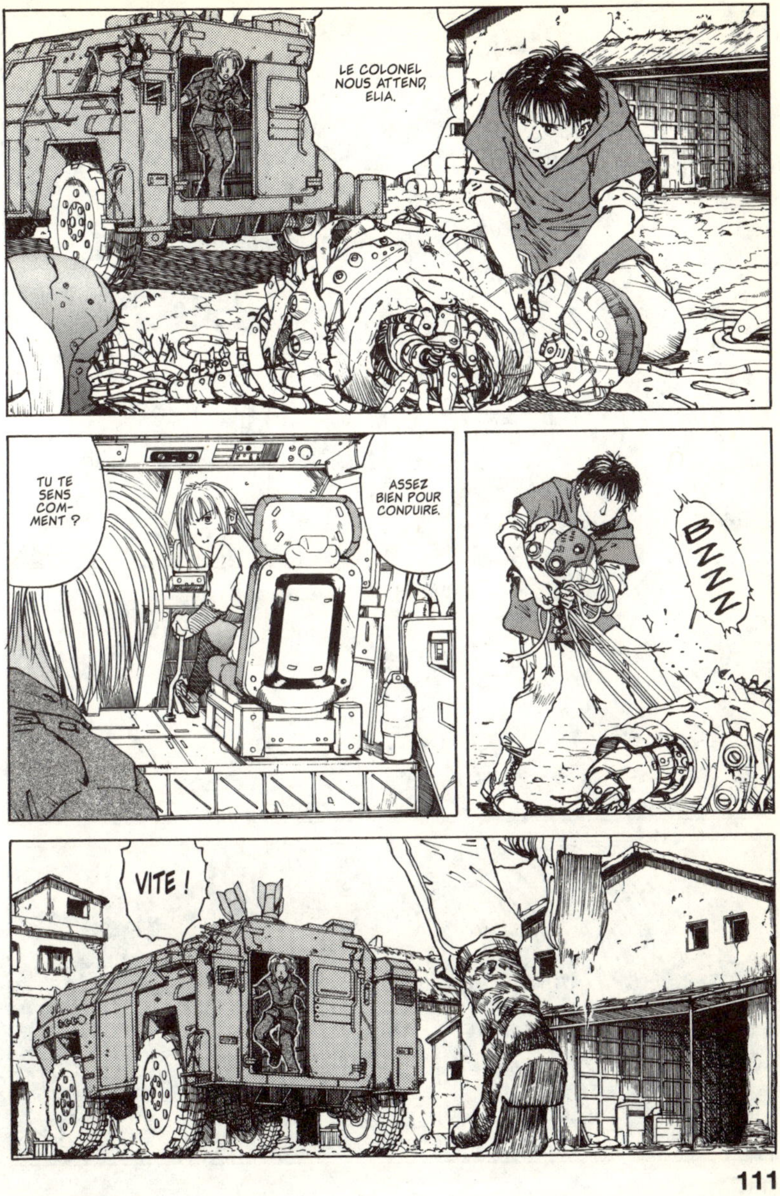
LE COLONEL NOUS ATTEND, ELIA.
TU TE SENS COMMENT ?
ASSEZ BIEN POUR CONDUIRE.
BZZZ
VITE !

VRRR
...
T'AS L'AIR D'Y TENIR À TON ROBOT...
HEIN, COCO ?
...
PARDON.

VRRROM
SI T'ES ENCORE EN VIE, C'EST GRÂCE À LUI.
VOSH
OUPS !
BON SANG...

QU'EST-CE QUE C'EST ?
HELENA, TU TE SOUVIENS DE MES LEÇONS DE TIR ?
ELIA... TIENS-TOI PRÊT, TOI AUSSI.
O-OUI !
FAUT AGIR TOUS ENSEMBLE.
ATTRAPE LE FUSIL QU'ON A PRIS AUX SOLDATS, TOI.
HELENA, UTILISE DES BALLES EXPLOSIVES.
HÉ ! PAS QUESTION QUE JE TUE UN HOMME, MOI !

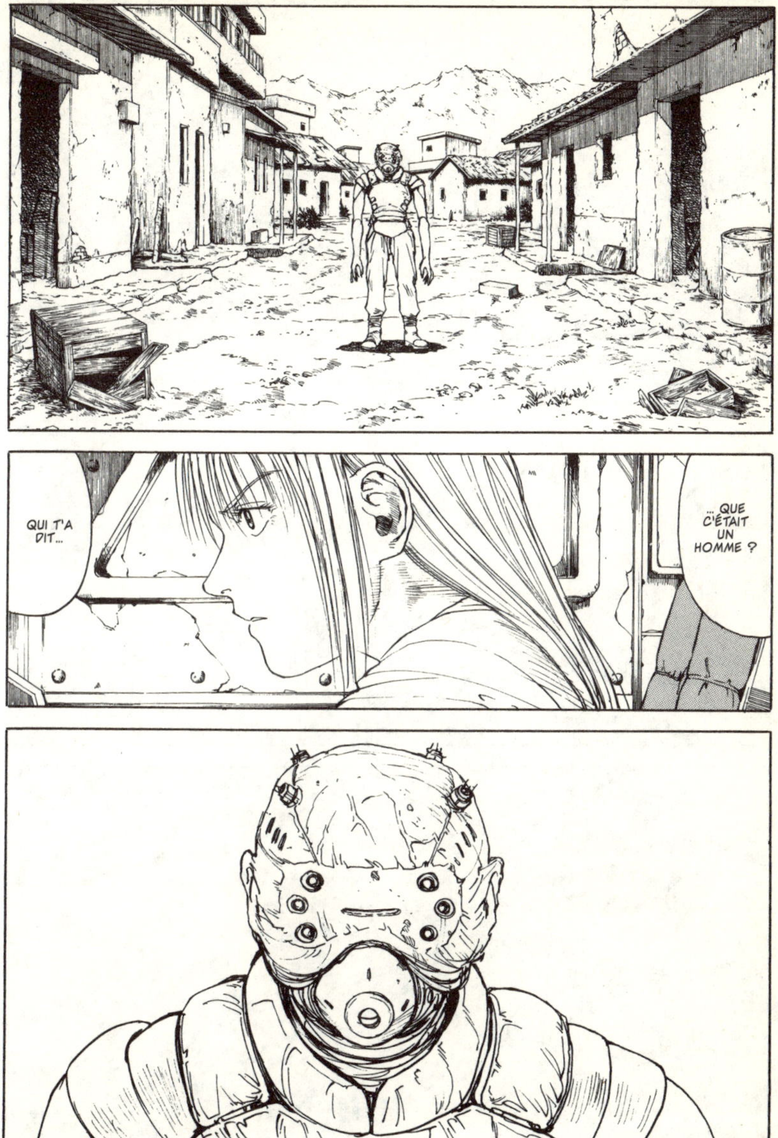
QUI T'A DIT...
... QUE C'ÉTAIT UN HOMME ?

ON Y VA.
VRRRR
VRR
WOO
OM

CRASH
SBRAN
TIRE ! VITE !
WOOOOOSH

!
ZACK
MAIS ?!
PUTAIN !!
TATATATATA
SBONK

...
CLIC
WOOOSH

NGH !
VROOOOOM
SDENG
!

WOOOOSH
!

CLAC
COLONEL ! KENJI !
VOUS EN AVEZ EU COMBIEN ?
DEUX AVEC CELUI-LÀ.
ET VOUS ?
KENJI EN A DESCENDU TROIS.
IL DOIT Y EN AVOIR D'AUTRES.
...

T'INQUIÈTE PAS, C'EST DU SANG ENNEMI.
QU'EST-CE QUE C'EST QUE ÇA ?
ON LES APPELLE LES "AION".
CE SONT DES SOLDATS DU PROPATER.
!

XM SMOKE = FUMIGÈNE PERMETTANT D'ÉCHAPPER À L'ACTION DES RAYONS INFRAROUGES ET DE TOUT AUTRE INSTRUMENT OPTIQUE

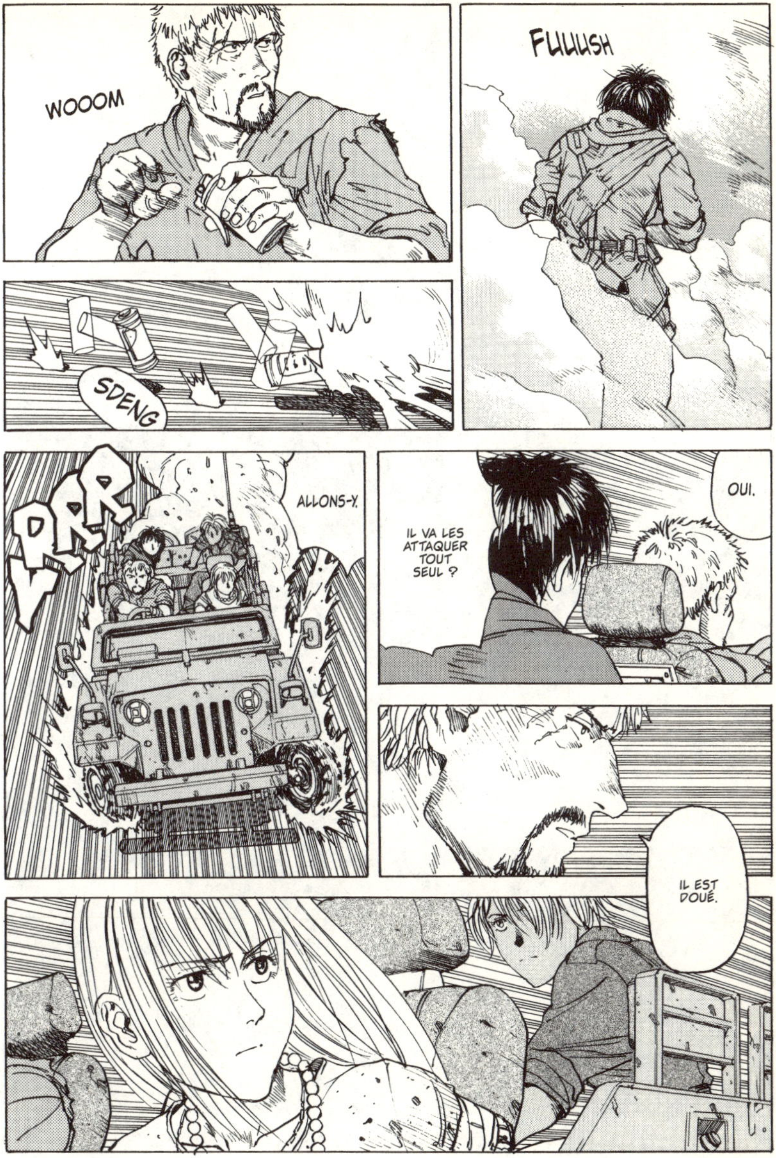
WOOOM
FUUUSH
SDENG
RRR
ALLONS-Y.
IL VA LES ATTAQUER TOUT SEUL ?
OUI.
IL EST DOUÉ.

C'EST MOI QUI L'AI CRÉÉ.
C'EST UN MONSTRE.

chapitre 16 – ERREUR (PREMIÈRE PARTIE)

...
TU FERAIS MIEUX DE TE REPOSER.
...
OUI.

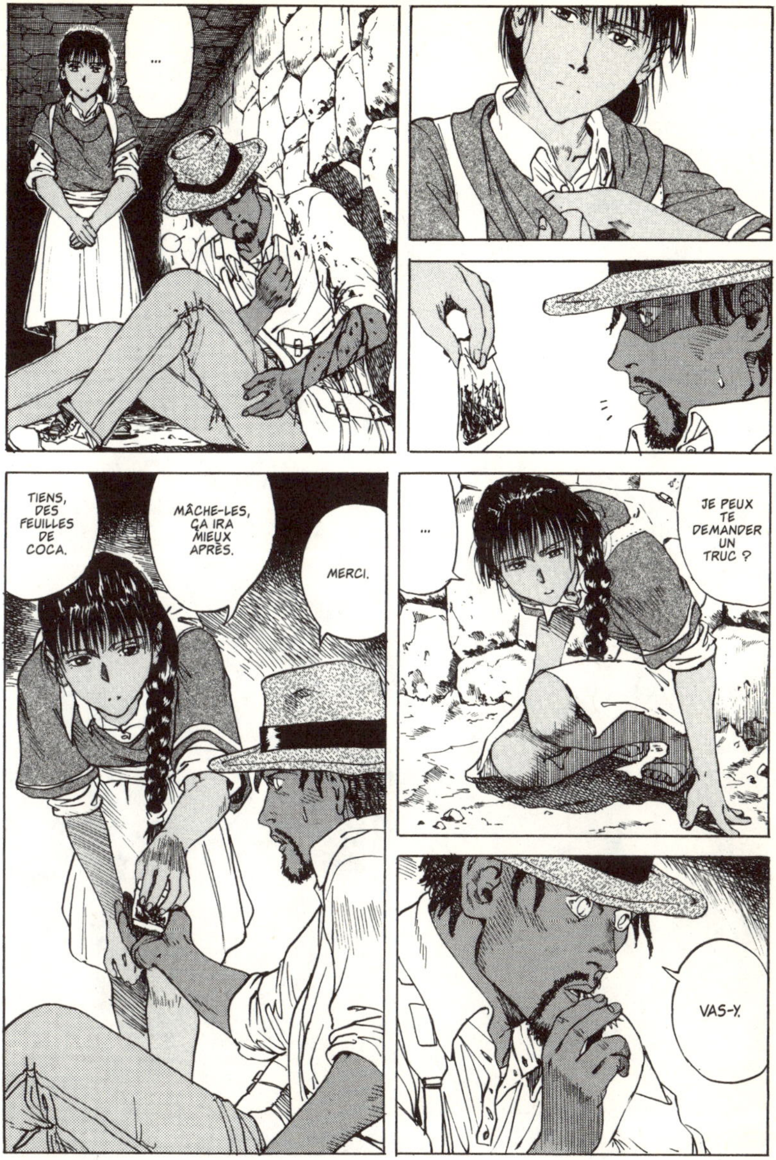
...
TIENS, DES FEUILLES DE COCA.
MÂCHE-LES, ÇA IRA MIEUX APRÈS.
MERCI.
...
JE PEUX TE DEMANDER UN TRUC ?
VAS-Y.

TU M'AS DIT QUE TU AVAIS DÉMISSIONNÉ DE L'ARMÉE.
OUI.
ALORS POURQUOI TU FAIS ENCORE LA GUERRE ?
HEIN ?
...
ÉCOUTE, CACHUA...
ALORS C'EST PAS LA PEINE QU'ON SE RACONTE NOTRE PASSÉ.
UNE FOIS QU'ON SERA SORTIS DE CE TROU, ON REDEVIENDRA DES ÉTRANGERS L'UN POUR L'AUTRE.
!
FUSH

TIENS, UN AUTRE VISI-TEUR.
ON DIRAIT UN INDIEN.
QU'EST-CE QU'IL FAIT ICI ?
À MON AVIS...
... IL VOULAIT FUIR LES SOLDATS.
MAIS IL EST MORT QUAND MÊME.
...

MON FRÈRE AUSSI...
... A ESSAYÉ DE S'ENFUIR.
...
ET IL A RÉUSSI ?
ET DEUX JOURS PLUS TARD...
NON.
ILS L'ONT CAPTURÉ.
... ILS L'ONT PENDU.
J'AURAIS VOULU...
... ÊTRE À SA PLACE.

SA MORT A SERVI À QUELQUE CHOSE ?
À PROUVER...
... SON COURAGE.
JE VOULAIS PARTIR AVEC LUI.
MÊME SI JE SAVAIS QUE ÇA FINIRAIT MAL.
MAIS SI JE L'AVAIS FAIT...
... JE SERAIS MORTE LA TÊTE HAUTE.
J'AI EU TERRIBLEMENT HONTE DE MOI.
...

BOOM
AAAAAH

FRUSH
AARH !
FRUSH
FRUSH
HIIII !
...
SUI-
VANT.
FRUSH
FRUSH
AVANCE.

PUTAIN !
ILS L'ACHÈVENT MÊME PAS ?
TOCK
...
T'ARRÊTE PAS !
MARCHE !!
OU J'EXPLOSE LE CRÂNE DE TA FILLE.
...

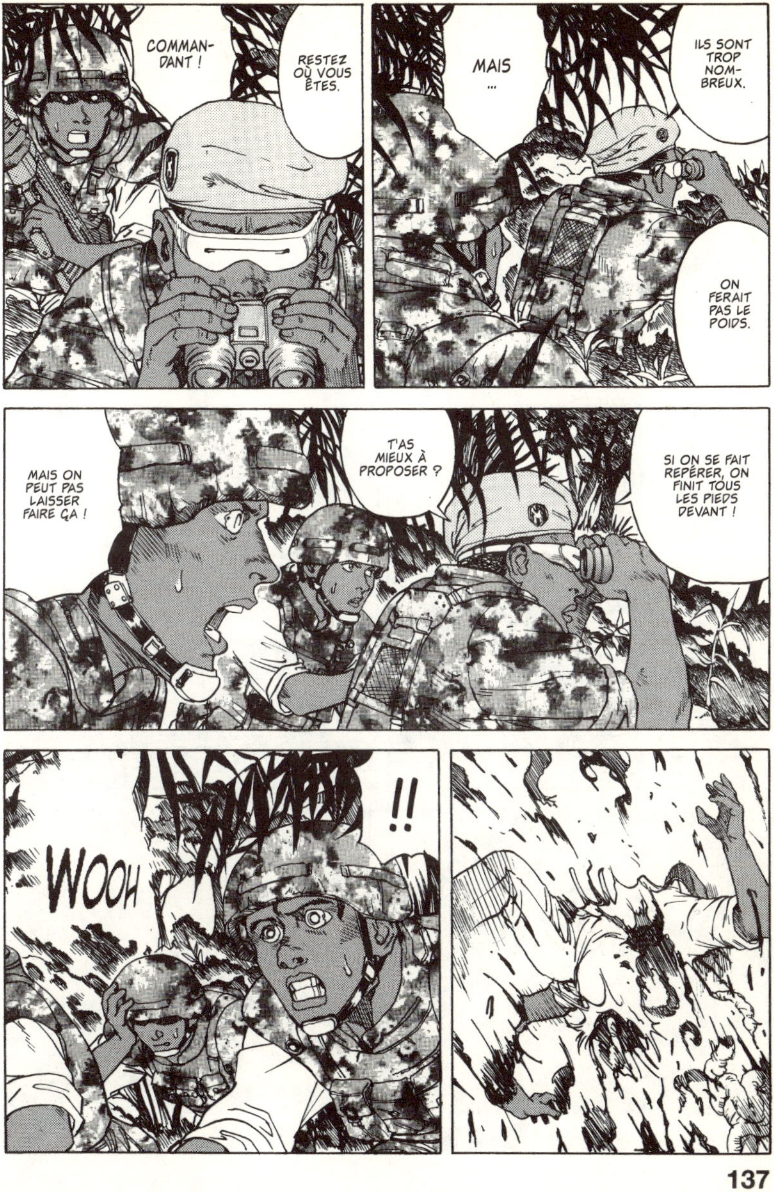
COMMANDANT !
RESTEZ OÙ VOUS ÊTES.
MAIS ...
ILS SONT TROP NOMBREUX.
ON FERAIT PAS LE POIDS.
MAIS ON PEUT PAS LAISSER FAIRE ÇA !
T'AS MIEUX À PROPOSER ?
SI ON SE FAIT REPÉRER, ON FINIT TOUS LES PIEDS DEVANT !
WOOH
!!

AAAARH !
AA AH !
...
TRATAA
!
WOOSH
STHUD

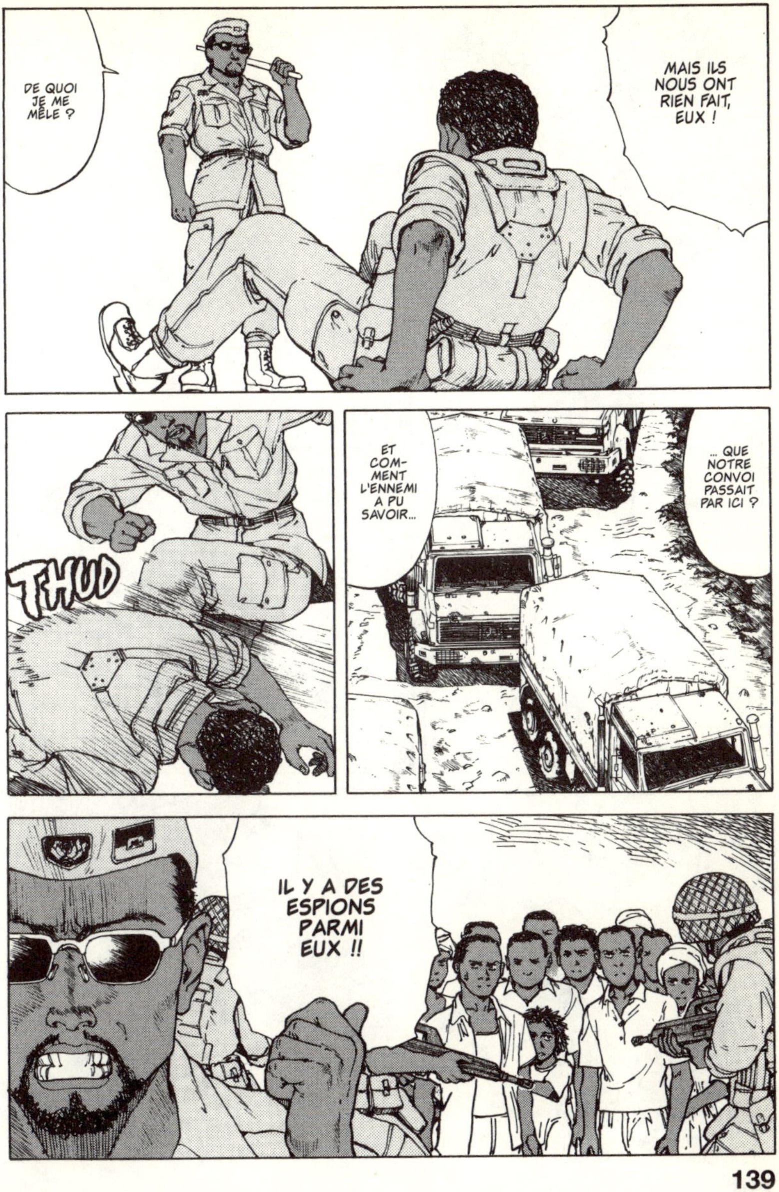
DE QUOI JE ME MÊLE ?
MAIS ILS NOUS ONT RIEN FAIT, EUX !
THUD
ET COMMENT L'ENNEMI A PU SAVOIR...
... QUE NOTRE CONVOI PASSAIT PAR ICI ?
IL Y A DES ESPIONS PARMI EUX !!

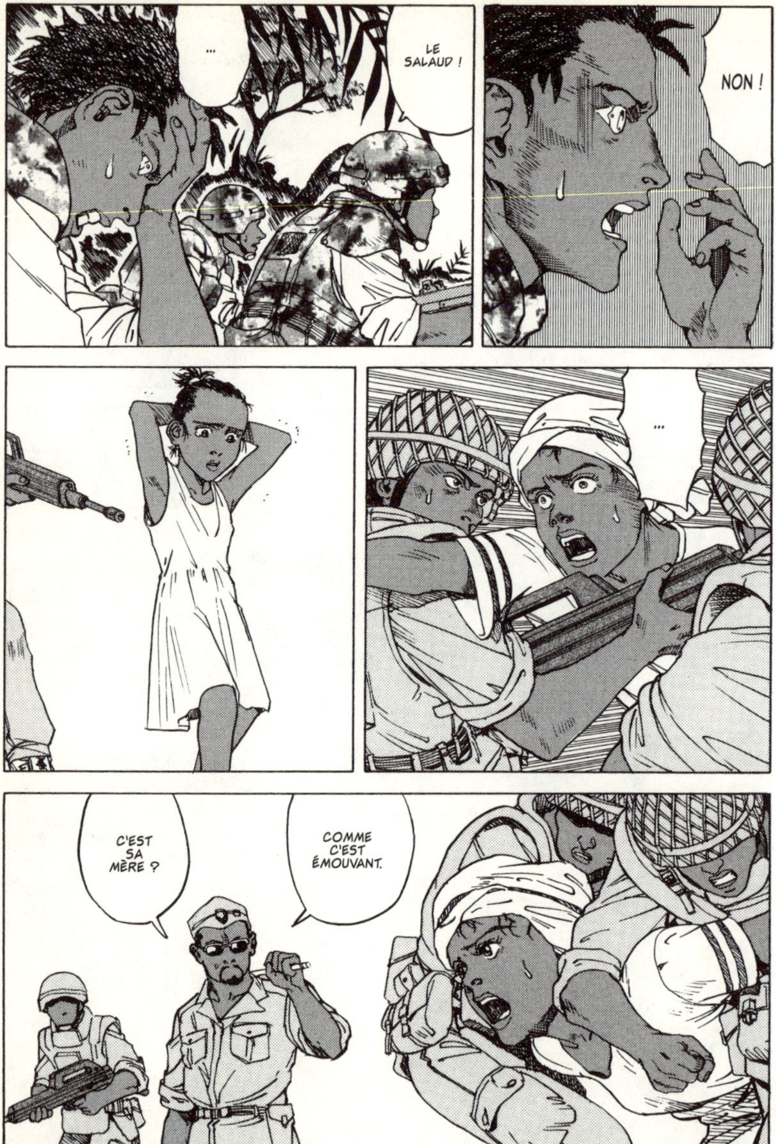
...
LE SALAUD !
NON !
...
C'EST SA MÈRE ?
COMME C'EST ÉMOUVANT.

TAP
TAP
...!!
TU ES INTELLIGENTE.
CLACK
!
SI TU BOUGES PAS, ELLE SAUTE PAS.

TATA TA
FLOSH
FLOSH
FLOSH
SXON

MM...
AH AH AH AH AH AH !
AH AH AH AH AH AH !
SALAUD...
SALAUD ...

WYCLIF-
FE ?
MM ?
OH.
ON Y VA ?
.OUI...
...
CA-
CHUA.
OUI ?

TU VEUX SAVOIR POURQUOI JE SUIS ENCORE SOLDAT ?
C'EST PARCE QUE...
... J'AI FAIT TELLEMENT DE VICTIMES QUE J'AI PERDU TOUT ESPOIR DE RACHETER MES PÉCHÉS.
JE CONTINUE À MASSACRER DES GENS ET JE CRÈVERAI COMME UN CHIEN.
TELLE EST LA VOLONTÉ DE DIEU.

JE BALANCE LE GAZ.
SDENG

VROOOOOM
CACHUA ! WYCLIFFE !
RÉPONDEZ !
RIEN.
ILS DOIVENT ÊTRE ENCORE DANS LE TUNNEL.

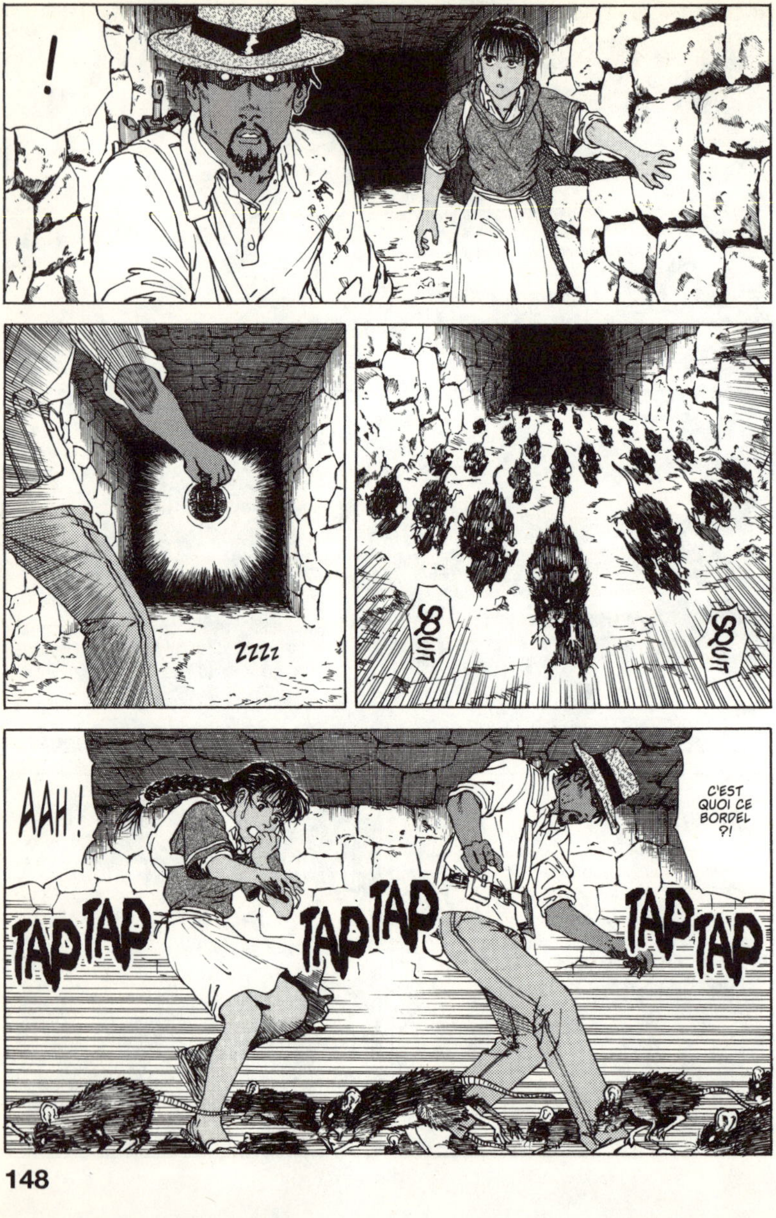
!
ZZZZ
SQUIT
SQUIT
AAH !
C'EST QUOI CE BORDEL ?!
TAP TAP
TAP TAP
TAP TAP

SQUIT
!!
DU GAZ !
DEMI-TOUR, CACHUA !
VITE !

PAR ICI.
KROOM
ÉLOIGNE-TOI DE L'ENTRÉE !
TIC
BOM

T'AS DU MAL À RESPIRER OU LA PEAU QUI TE BRÛLE ?
N-NON...
SI T'EN AS INHALÉ, T'ES FOUTUE.
COLONEL, VOUS M'ENTENDEZ ?
WYCLIFFE, T'ES OÙ ?
SOFIA ? AU POINT B-12.
!
ET CACHUA ?
ÇA A L'AIR D'ALLER.
MAIS ILS NOUS ONT ATTAQUÉ AU GAZ. ELLE A DÛ EN RESPIRER.
VOUS AVEZ QUELQUE CHOSE POUR LA SOIGNER ?

TON
SWROOM
WY...!!
OH ?
AAAAAH !
TA
TA
BLING
BLING
BLING
BLING

WYCLIFFE !
RESTE OÙ TU ES !
J'AI ÉTÉ TOUCHÉ.
QU'EST-CE QU'IL Y A ?
UN TIREUR D'ÉLITE.
JE LE VOIS !
IL EST LÀ-BAS !

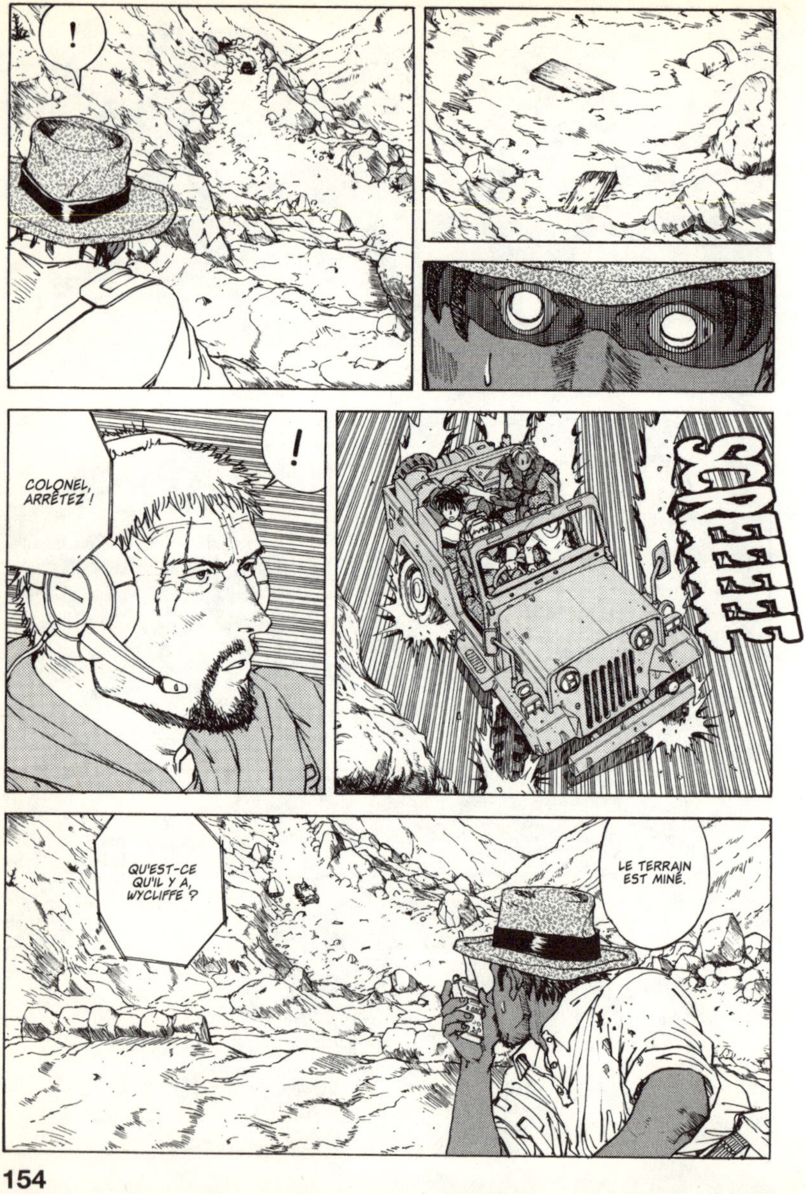
!
COLONEL, ARRÊTEZ !
!
SCREEEE
QU'EST-CE QU'IL Y A, WYCLIFFE ?
LE TERRAIN EST MINÉ.

TON TON TON
ENTRE WYCLIFFE ET NOUS, IL Y A DES MINES.
DEVANT WYCLIFFE, IL Y A UN TIREUR.
VOUS N'AVEZ PAS DE DÉTECTEUR ?
SI.
MAIS SI ON SE MONTRE, ILS NOUS FLINGUENT.

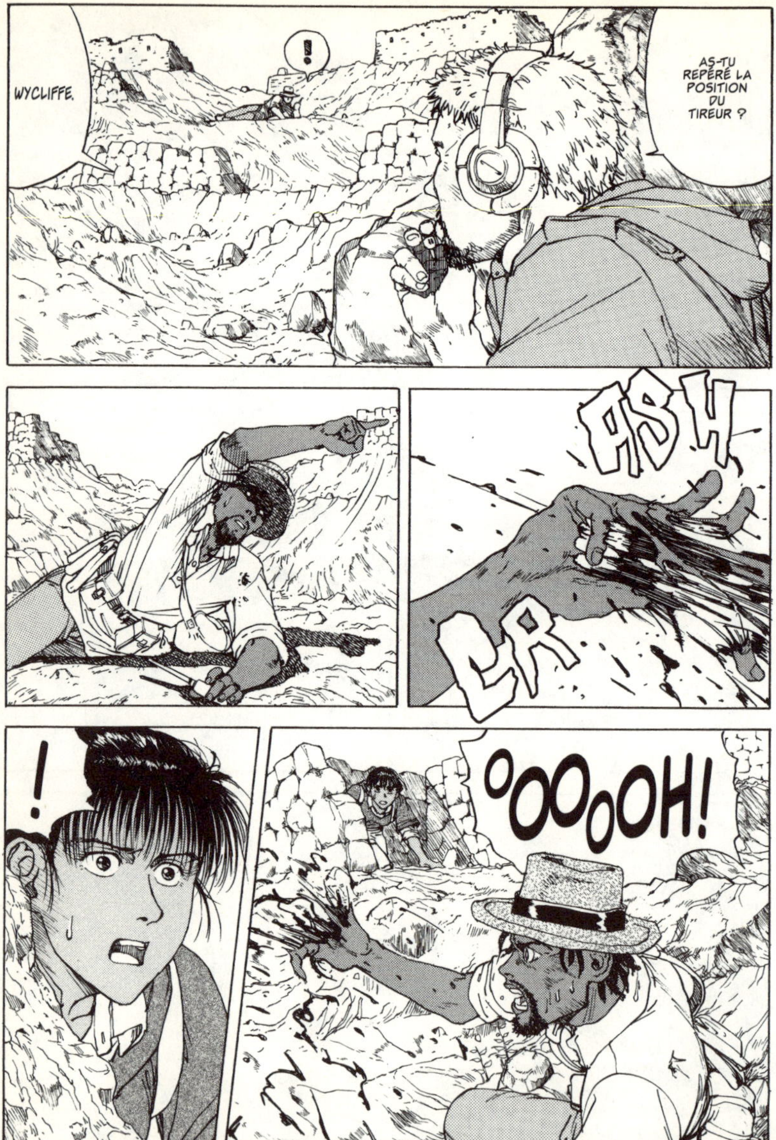
AS-TU REPÉRÉ LA POSITION DU TIREUR ?
!
WYCLIFFE.
ASH
CR
!
OOOOOH!

MERDE !
Y EN A UN AUTRE À DROITE !
COLONEL KARN NAZAR-BAIEF.
!
J'AI MIS DU TEMPS À TROUVER VOTRE FRÉQUENCE.
ICI LE SOUS-LIEUTENANT OSAMU UKITA, DE LA DIX-SEPTIÈME UNITÉ SPÉCIALE DU PROPATER.
VOUS AVEZ DÉTECTÉ NOS MINES. FÉLICITATIONS.
MAIS ÇA CHANGE RIEN AU PROBLÈME.
SI VOUS VOULEZ PAS QUE VOTRE HOMME MEURE...

REMETTEZ-NOUS LES DISQUETTES, LIVREZ-NOUS SOFIA ET RENDEZ-VOUS.
VOUS ÊTES CERNÉS.
ON SE REND ?
PLUTÔT CREVER.
J'AI UNE IDÉE.
!

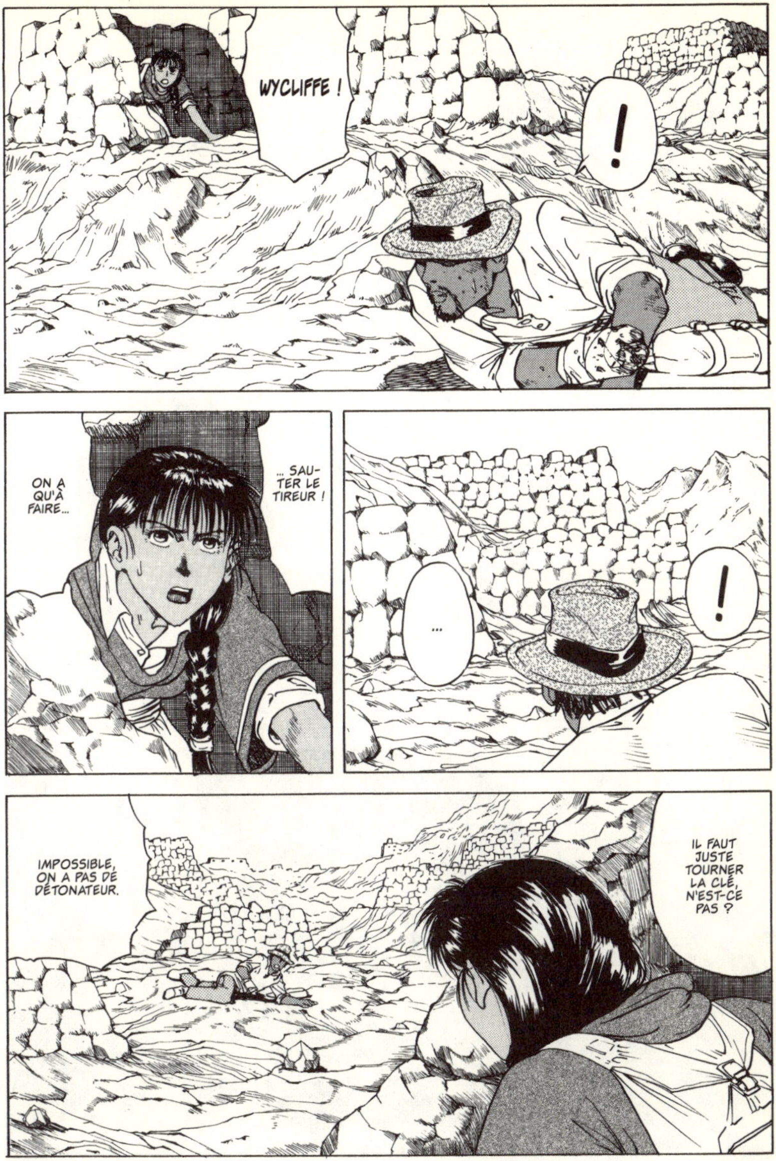
WYCLIFFE !
!
ON A QU'À FAIRE...
... SAUTER LE TIREUR !
...
!
IMPOSSIBLE, ON A PAS DE DÉTONATEUR.
IL FAUT JUSTE TOURNER LA CLÉ, N'EST-CE PAS ?

...
C'EST DE LA FOLIE.
IL Y A PLUS DE CENT MÈTRES À PARCOURIR !
ET LE TERRAIN EST TRUFFÉ DE MINES !
TU PRÉFÈRES QUE...
... JE RESTE ICI À RIEN FAIRE ?

chapitre 17 – **ERREUR** (DEUXIÈME PARTIE)

FRUSH
FRUSH
BLINK
WYCLIF-
FE.
!
JE
SUIS...
... PRÊTE.

...
COLONEL !
!

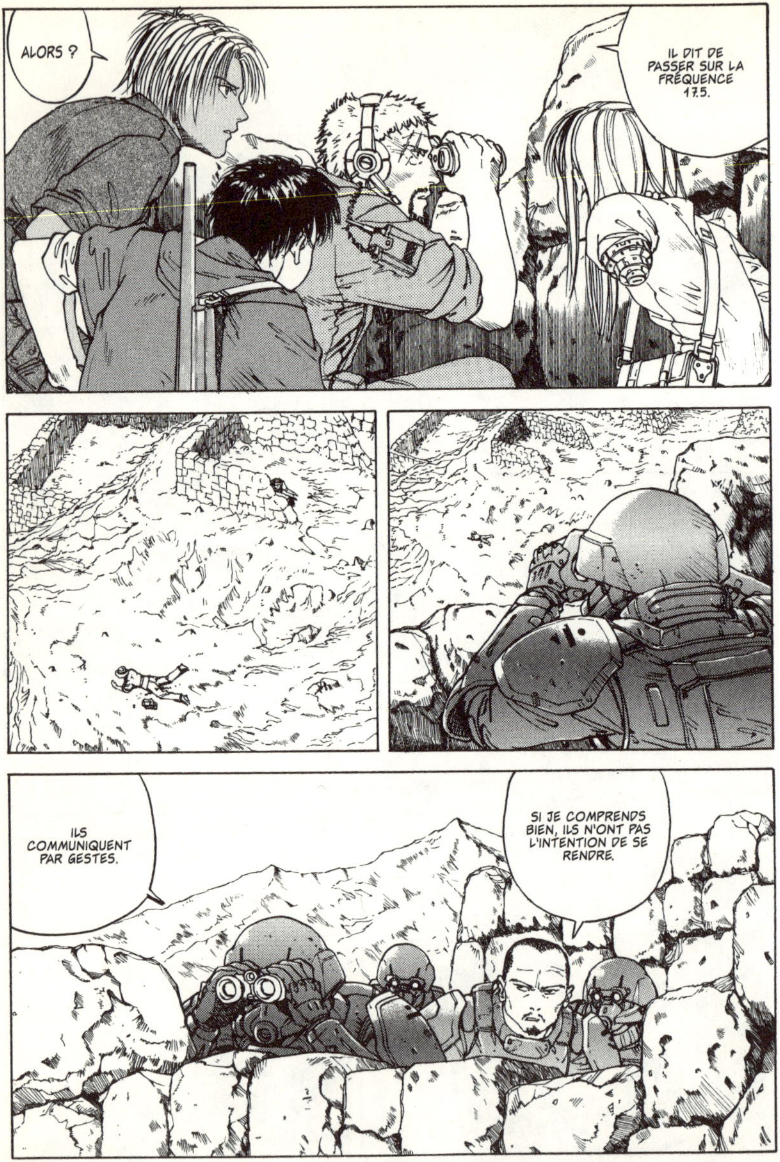

IL DIT DE PASSER SUR LA FRÉQUENCE 17.5.
ALORS ?
SI JE COMPRENDS BIEN, ILS N'ONT PAS L'INTENTION DE SE RENDRE.
ILS COMMUNIQUENT PAR GESTES.

DIS AUX AIONS DE SE POSITIONNER DERRIÈRE KARN.
À VOS ORDRES.
LES VOILÀ.
IL RESTE COMBIEN DE PROJECTILES ?
DEUX CENTS.

ÇA VA ÊTRE JUSTE.
CACHUA.
OUI.
TU SAIS QU'ON A AUCUN MOYEN DE SAVOIR OÙ ILS ONT POSÉ LEURS MINES.
LE SEUL MOYEN DE LES ÉVITER, C'EST DE REPÉRER LES ENDROITS OÙ ÇA A L'AIR FACILE DE LES INSTALLER ET OÙ LA TERRE A ÉTÉ RETOURNÉE.
EN PLUS, LES TIREURS SE FERONT UN PLAISIR DE TE CANARDER.
T'ES TOUJOURS DÉCIDÉE À Y ALLER ?
...
ÇA VAUT MIEUX QUE DE RESTER SANS RIEN FAIRE.

D'ACCORD.
ON TE COUVRIRA TOUS.
HELENA.
!
TU VEUX LUI PARLER ?
...
FAIS GAFFE À TOI.
TE FAIS PAS TUER.
...
TOI NON PLUS.
C'EST TOUT ?!
QU'EST-CE QUE TU VEUX QUE JE LUI DISE D'AUTRE ?!

GO !
ILS SE SÉPARENT !
PRÉPAREZ-VOUS À ATTAQUER.
TA TA TA

TRRRRR
FRUSH
FRUSH
VITE !
FRUSH

TAT TAT TAT TAT TAT
FIUUUT ...
FRUSH
BLINK
WROSH
HOP !

BLINK
LE CAPTEUR DE CHÉRUBIN FONCTIONNE.
WYCLIFFE.
CA-CHUA.
JE TE REÇOIS 5/5.
OUI.
ACTIVE LA VISIÈRE.
WO-M
C'EST LE PARCOURS LE PLUS SÛR, OU PRESQUE.
BIEN ENTENDU, IL Y A DES ANGLES MORTS.

TOUT LE RESTE DÉPEND DE L'INTUITION DE WYCLIFFE. APRÈS TOUT C'EST UN SOLDAT DU GÉNIE.
J'AI COMPRIS.
ELIA, HELENA.
ON EST PRÊTS.
RETENEZ LES ENNEMIS SUR LE FRONT EST.
FAUT PAS QU'ILS AVANCENT.
MOI JE M'OCCUPE...

... DU RESTE.
VAS-Y, CACHUA !
WRROM
QUOI ?!
LA FILLE EST SORTIE.

ELLE VEUT TRAVER-SER...
... LE CHAMP DE MINES ?
TATATATA
TZS
DEN DEN
GOUPE B.
SDING
DESCEN-DEZ LA FILLE.

CRACK
CRACK
CRACK
GGH
TONN!

PLUS QUE DEUX.
THUD
LE GROUPE B NE RÉPOND PLUS.
BANDE D'INCAPABLES.
OÙ SONT LES AIONS, BORDEL ?!

À PRÉSENT
LE FRONT
OUEST...
WRUUSH
!!
BLUNK
WRUUSH
RNN
NN

SDENG
WROOM
FOOOOOOSH

SCRATCH
WRUUSH

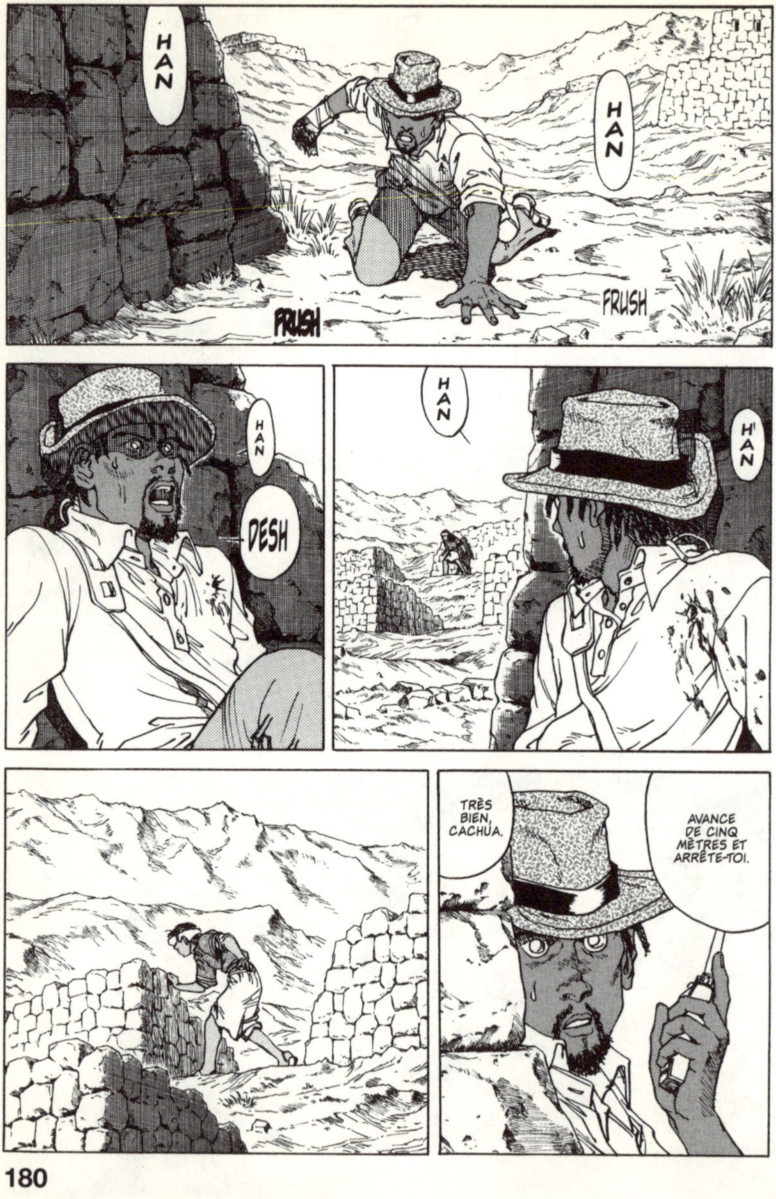

HAN
HAN
FRUSH
FRUSH
HAN
DESH
HAN
H'AN
TRÈS BIEN, CACHUA.
AVANCE DE CINQ MÈTRES ET ARRÊTE-TOI.

HAN
HAN
HAN
PUIS TOUT DROIT.
À PRÉSENT, 19 PAS À GAUCHE.
TU PEUX Y ALLER.
FRUSH

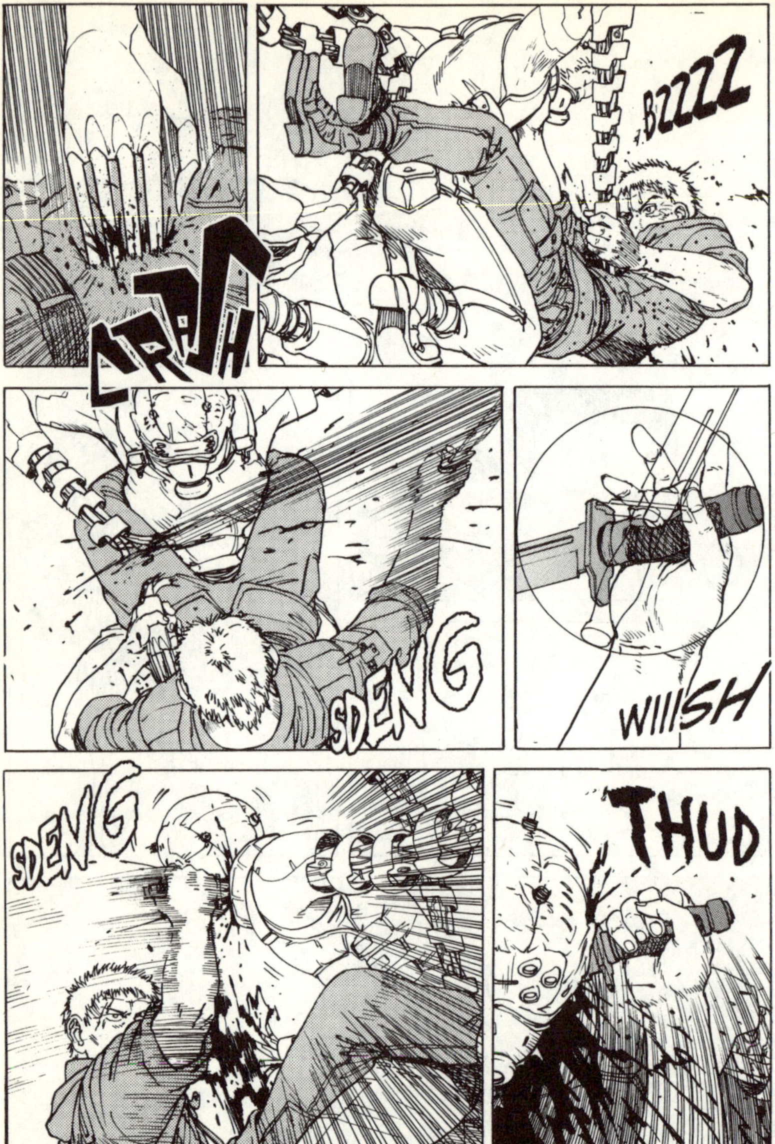
CRASH
BZZZZ
SDENG
WIIISH
SDENG
THUD

TIC
STUN'F
WOOOO
OOOSH

SPLOSH
!!
MERDE.
TATATATA

CLACK
ON N'A PLUS DE CARTOUCHES ?!
!
ILS ONT ÉPUISÉ LEURS MUNITIONS ?
LA MITRAILLEUSE S'EST TUE.
...

BUTEZ-MOI CETTE FILLE !
TON
TON
WOOOSH
SPLOOOSH

!!
!
OH...
PRENDS ÇA !
CLACK
CLACK

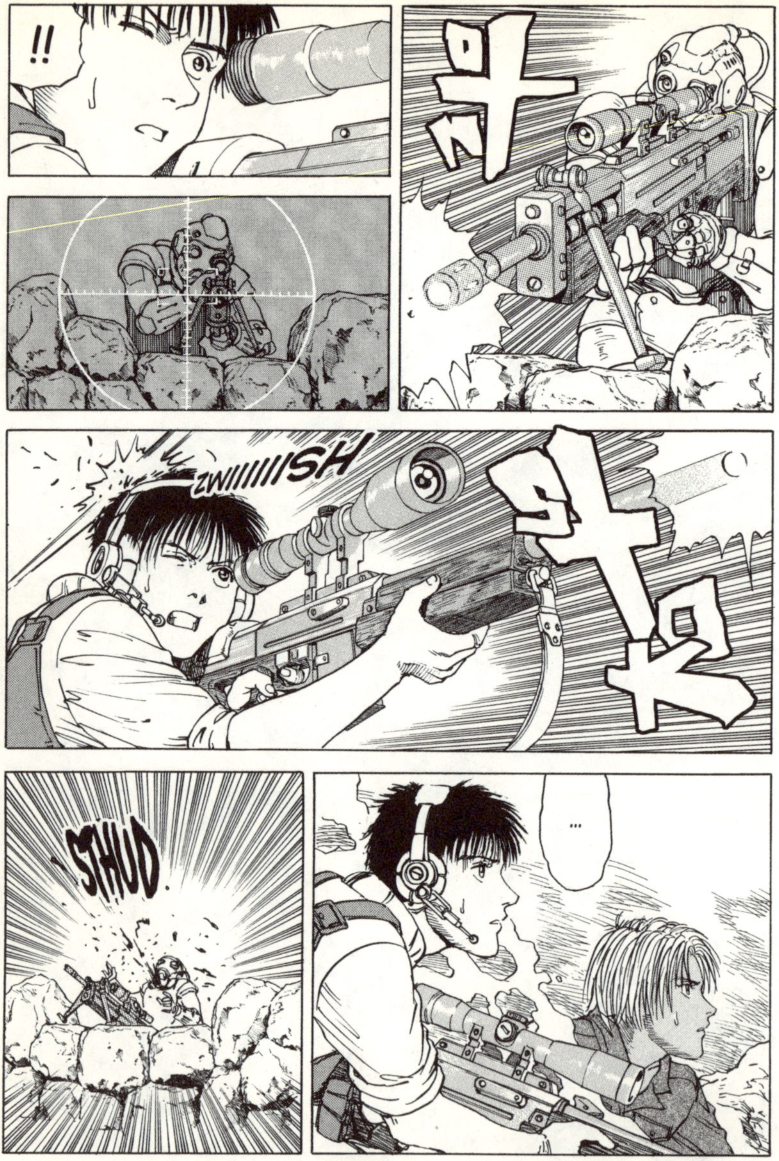
!!
ZWIIIIIISH
STHUD
...

HAN !
HAN !
HAN !
ÇA Y EST !
HAN !
BLINK
CLICK
FAUT QU'ON SE TIRE D'ICI !
MAGNEZ-VOUS !

CLACK
VRRRR
!!
BOOM

AARH!
C'EST PAS VRAI !

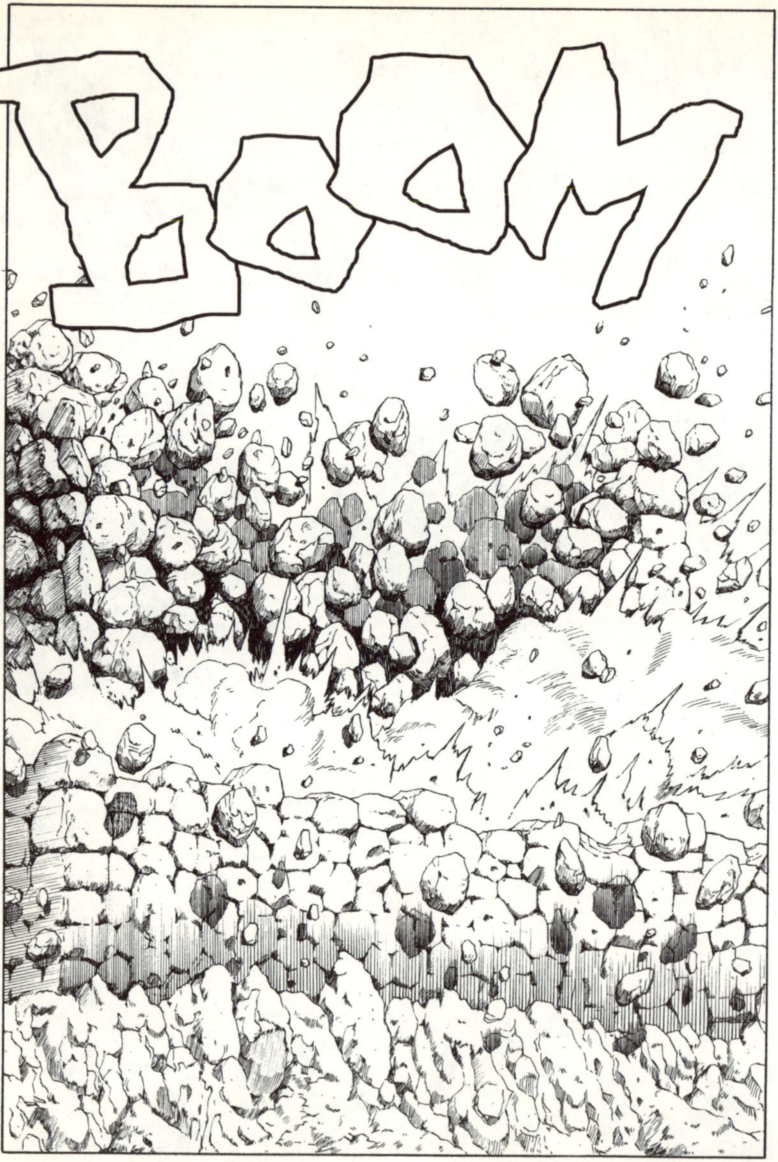

chapitre 18 – **ERREUR** (DERNIÈRE PARTIE)

VZZZZZZZZZZ
ÇA Y EST...
...
PFIUT...
PLINK
PLINK

CA-CHUA.
FAIS TRÈS ATTEN-TION.
TU ES EN PLEIN MILIEU D'UN CHAMP DE MINES.
OUI.
WOOOOM
ELIA, HELENA, ALLEZ CHERCHER LE CAPTEUR DANS LA JEEP.
WYCLIFFE, CACHUA, SORTEZ DU CHAMP DE MINES TOUT DOUCEMENT.

WYCLIFFE A BESOIN DE SOINS.
ON VERRA ÇA APRÈS.
CLACK

!!
ギン
ドンドン
ドン
ギン

SCREEEK
AAAAAH !
WROOOM
!
STOTON
!!
LE SALAUD !

CA-
CHUA !
ÇA VA.
C'EST JUSTE UNE ÉGRAT...
FRUSH
!

MAIS ?!

NE BOUGE SURTOUT PAS !

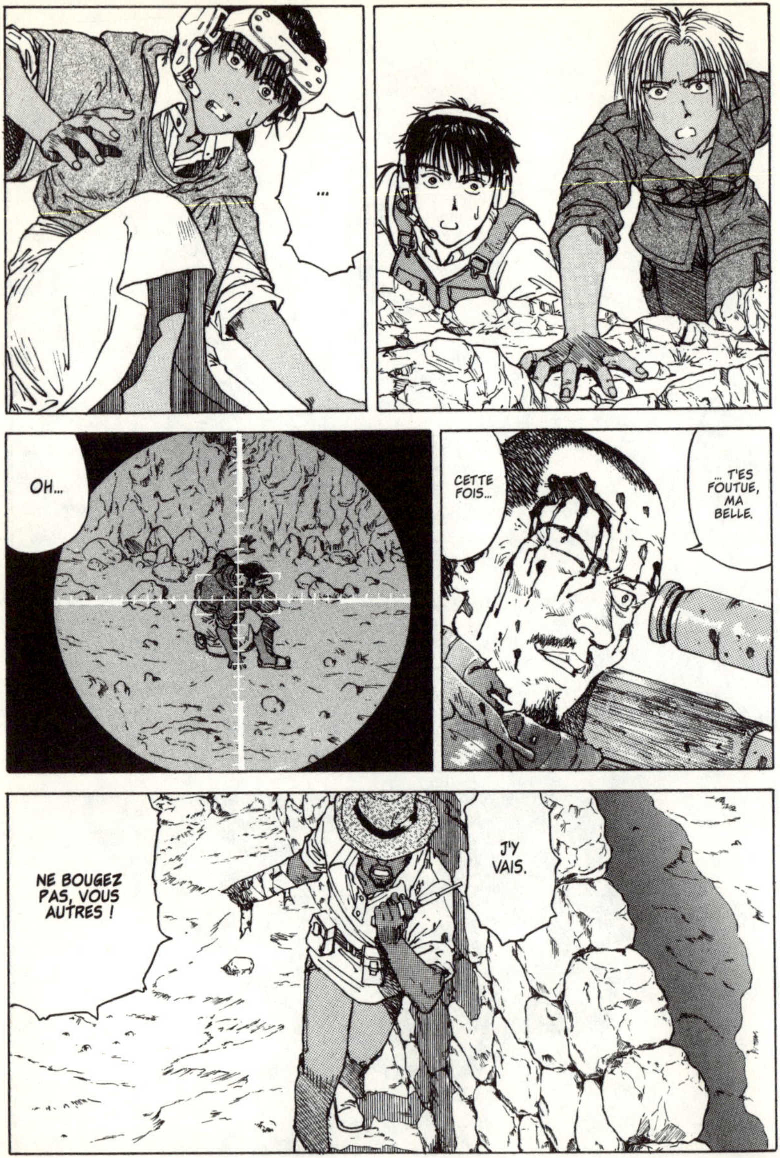
...
OH...
CETTE FOIS...
... T'ES FOUTUE, MA BELLE.
J'Y VAIS.
NE BOUGEZ PAS, VOUS AUTRES !

WYCLIF-FE !
TZIIIC
TU VAS TE FAIRE DESCENDRE.
ET EN PLUS AVEC TA MAIN...
FOUS-MOI LA PAIX, SOFIA !
WOOSH

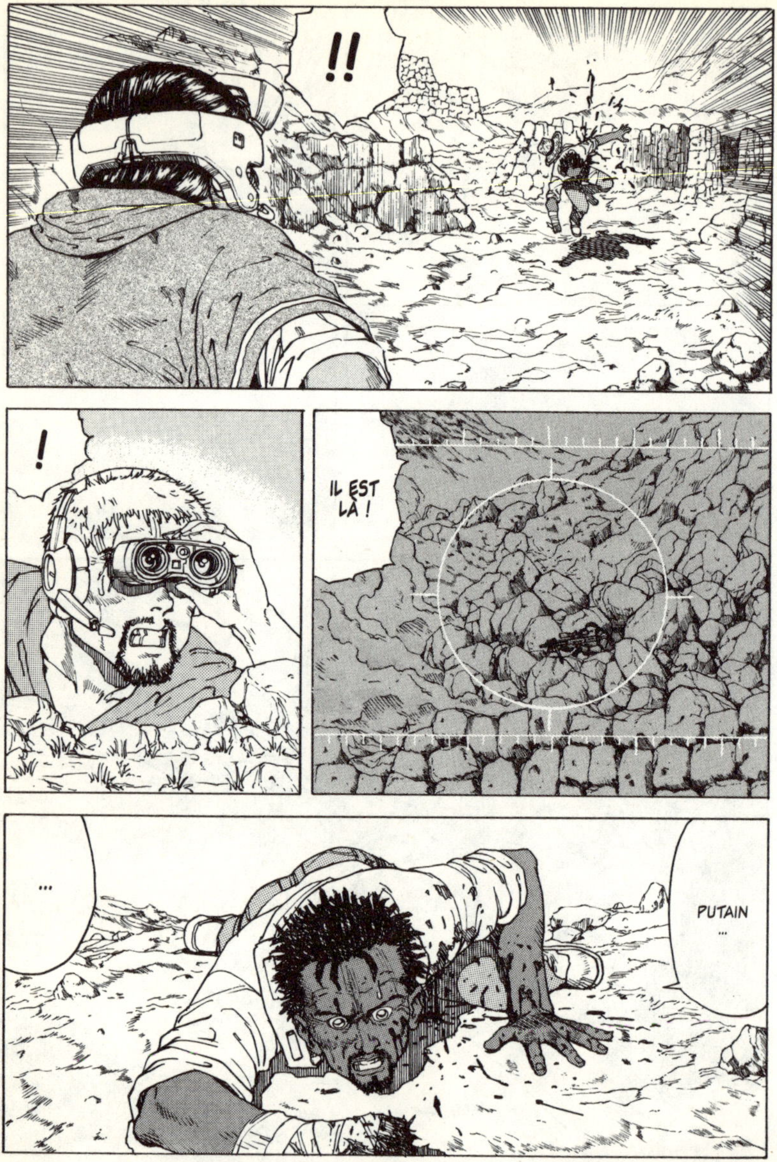
!!
!
IL EST LÀ !
PUTAIN ...
...

TRAK
!!
FRRRR
UGH...

JE VAIS TE TORTURER UN PEU AVANT DE TE TUER.
HIN HIN !
...
WOOM
!
N'Y VA PAS !
LÂCHE-MOI !
TU OUBLIES LES MINES ET LE SNIPER ?!

ELIA !!
!
MON FUSIL MARCHE PLUS.
C'EST À TOI DE JOUER.
JE SAIS PAS OÙ IL EST !
JE VAIS TE LE DIRE.
HAN !
FRUSH
FRUSH
WY...

TRAK
OOH.
TOUT...
... DOUCEMENT.
VINGT DEGRÉS À DROITE.
TU LE VOIS ?
MERDE.
IL EST OÙ ?

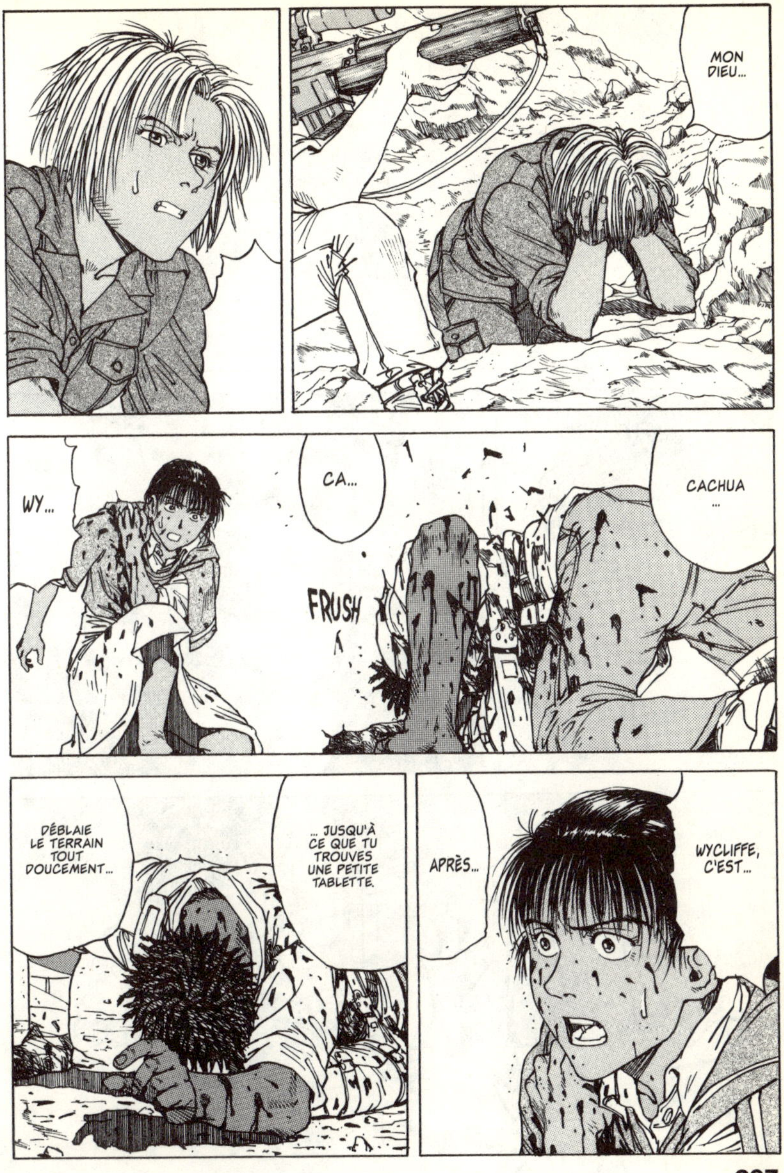
MON DIEU...
CACHUA ...
FRUSH
CA...
WY...
WYCLIFFE, C'EST...
APRÈS...
DÉBLAIE LE TERRAIN TOUT DOUCEMENT...
... JUSQU'À CE QUE TU TROUVES UNE PETITE TABLETTE.

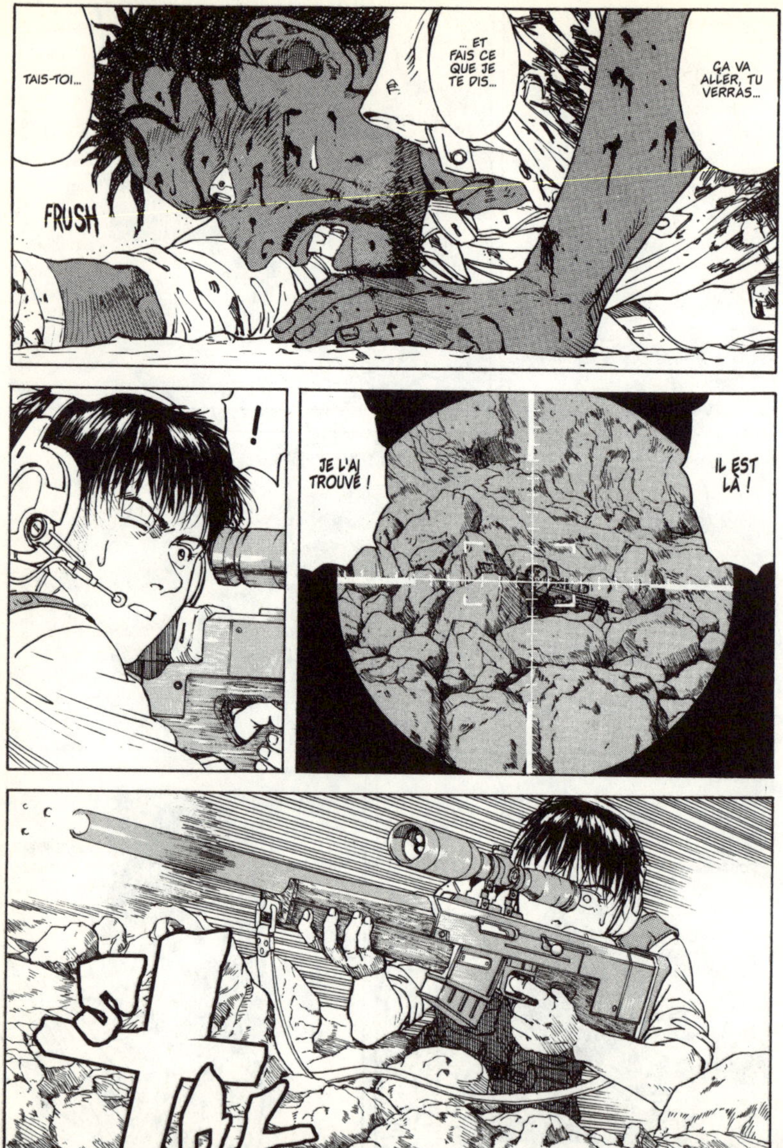
TAIS-TOI...
... ET FAIS CE QUE JE TE DIS...
ÇA VA ALLER, TU VERRAS...
FRUSH
!
JE L'AI TROUVÉ !
IL EST LÀ !
TOK

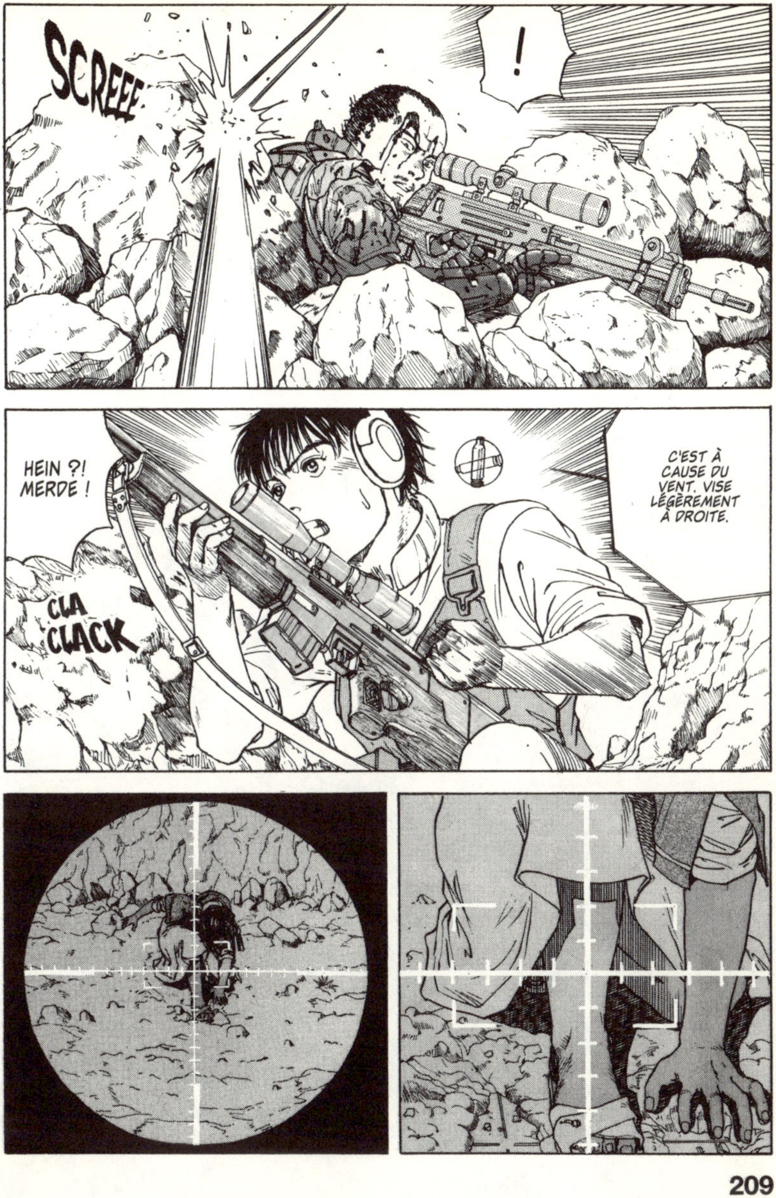
SCREEE
!
HEIN ?! MERDE !
C'EST À CAUSE DU VENT. VISE LÉGÈREMENT À DROITE.
CLA CLACK

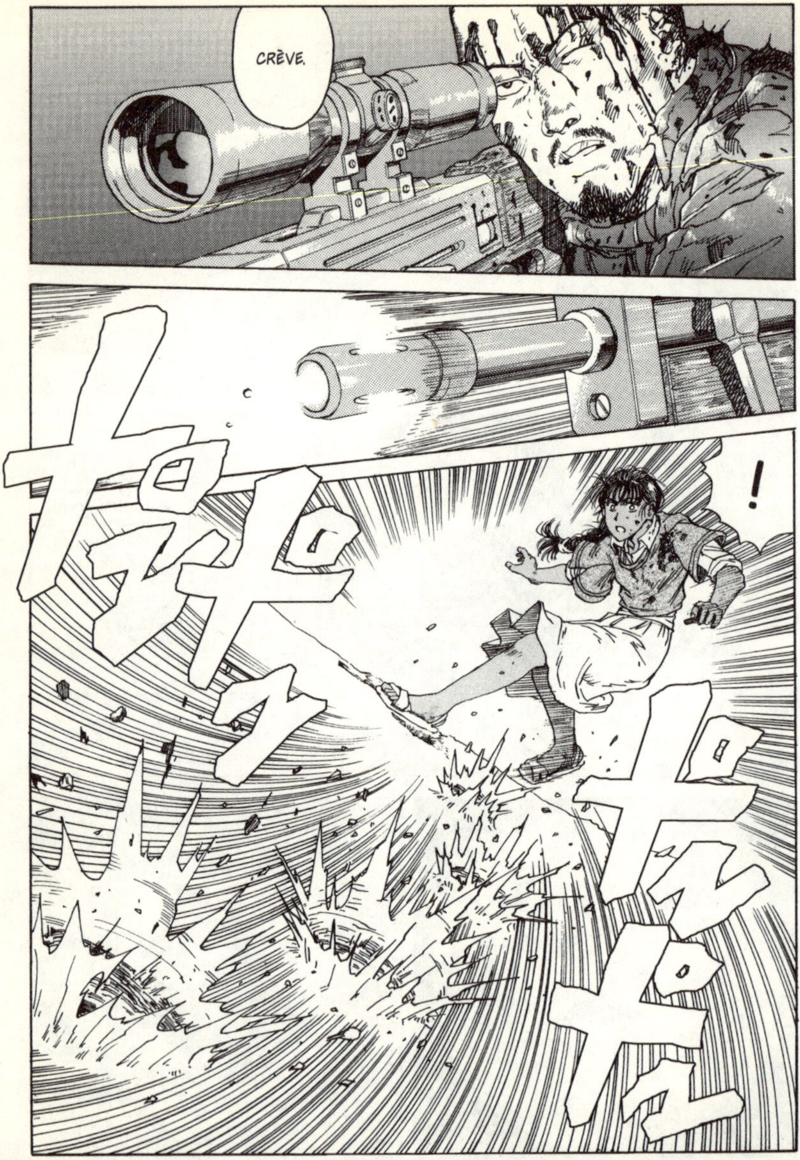
CRÈVE.
!

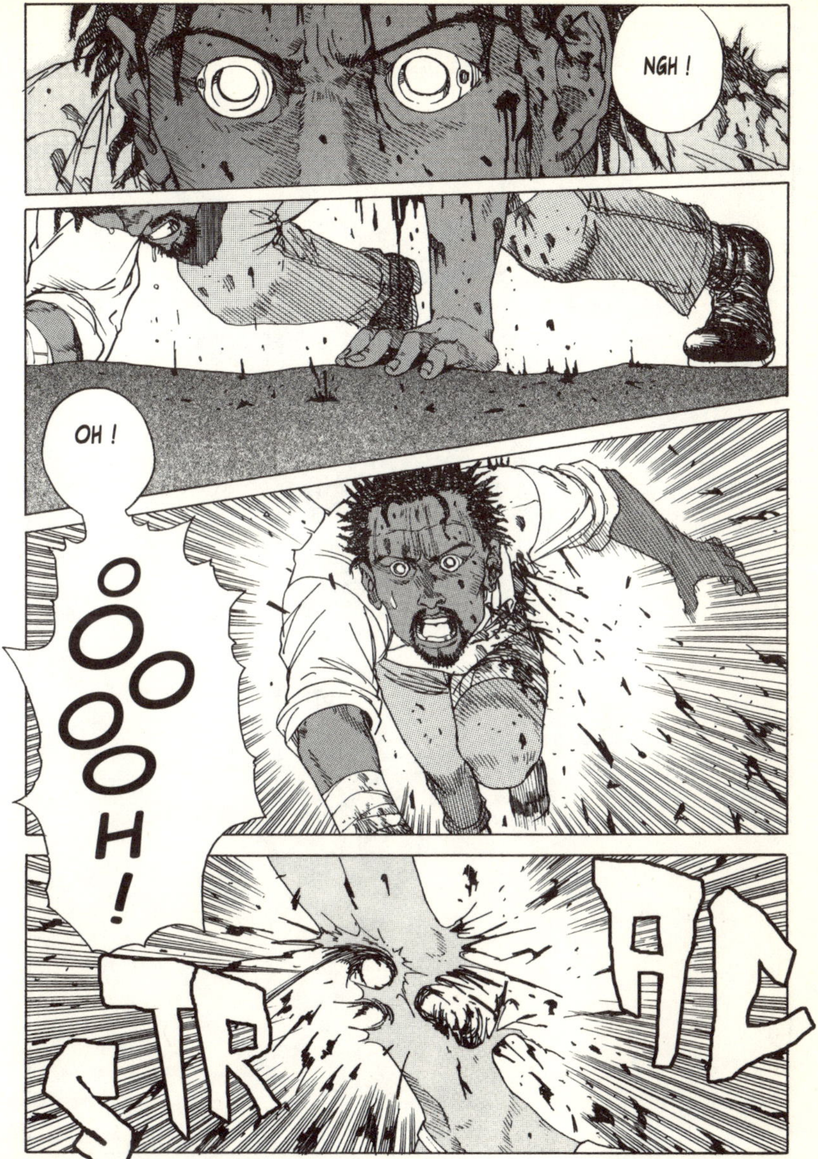
NGH !
OH !
OOOOOOH !
STRAC

TACK

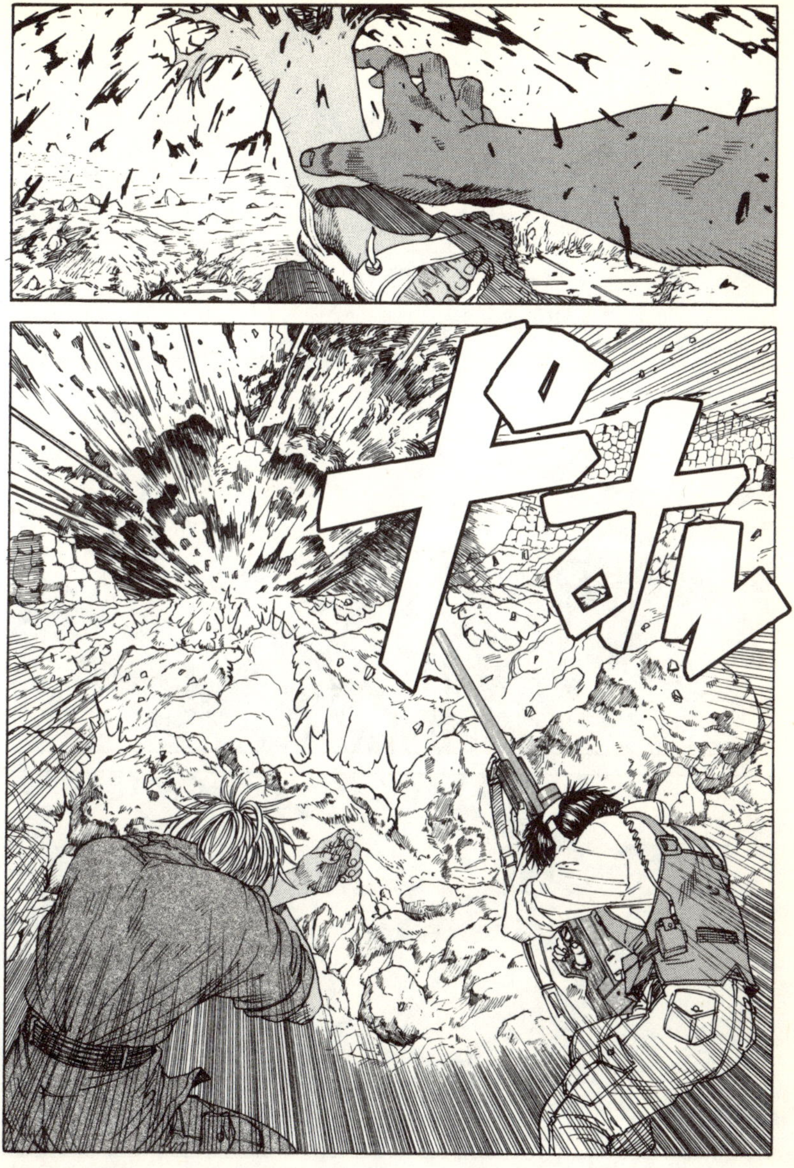

FRR
FRRR
FRR

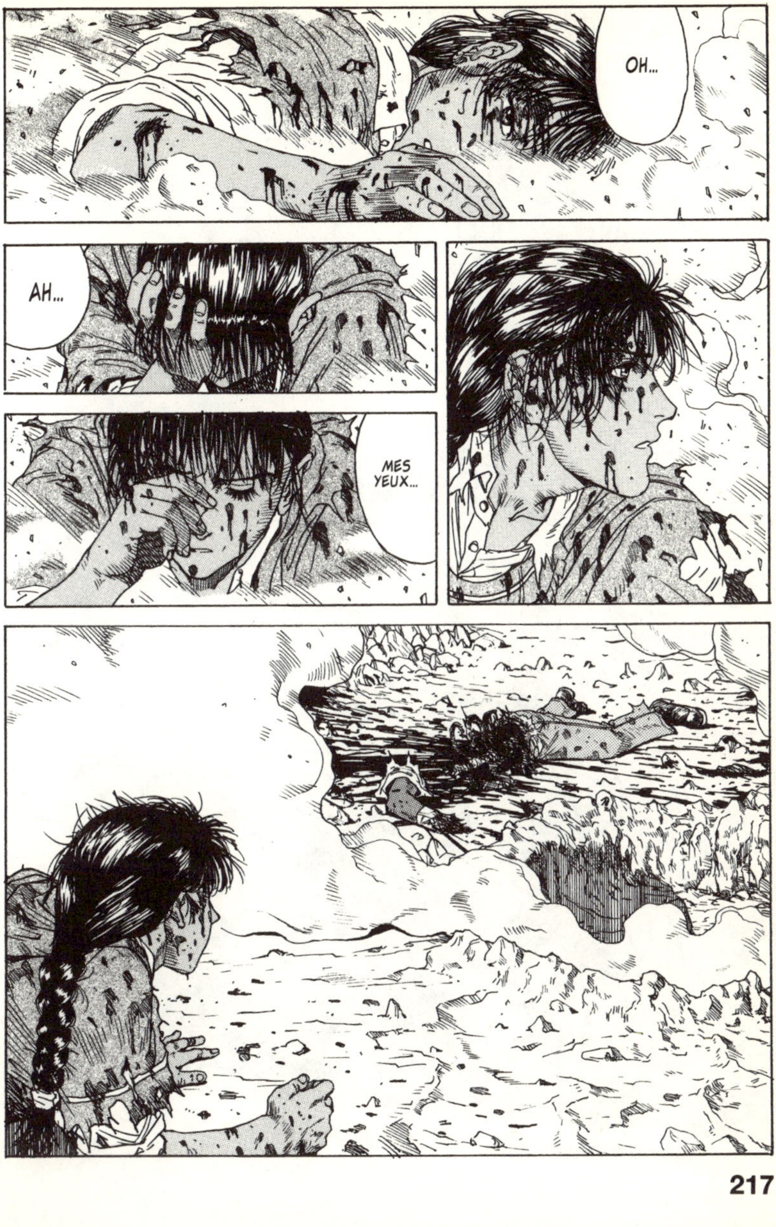
OH...
AH...
MES YEUX...

OH !

...
POU...
POURQUOI TU L'AS TUÉE ?!
J'AVAIS PAS LE CHOIX.
C'EST MIEUX POUR ELLE.
QUOI ?!
SALAUD !
C'EST MA FAUTE...

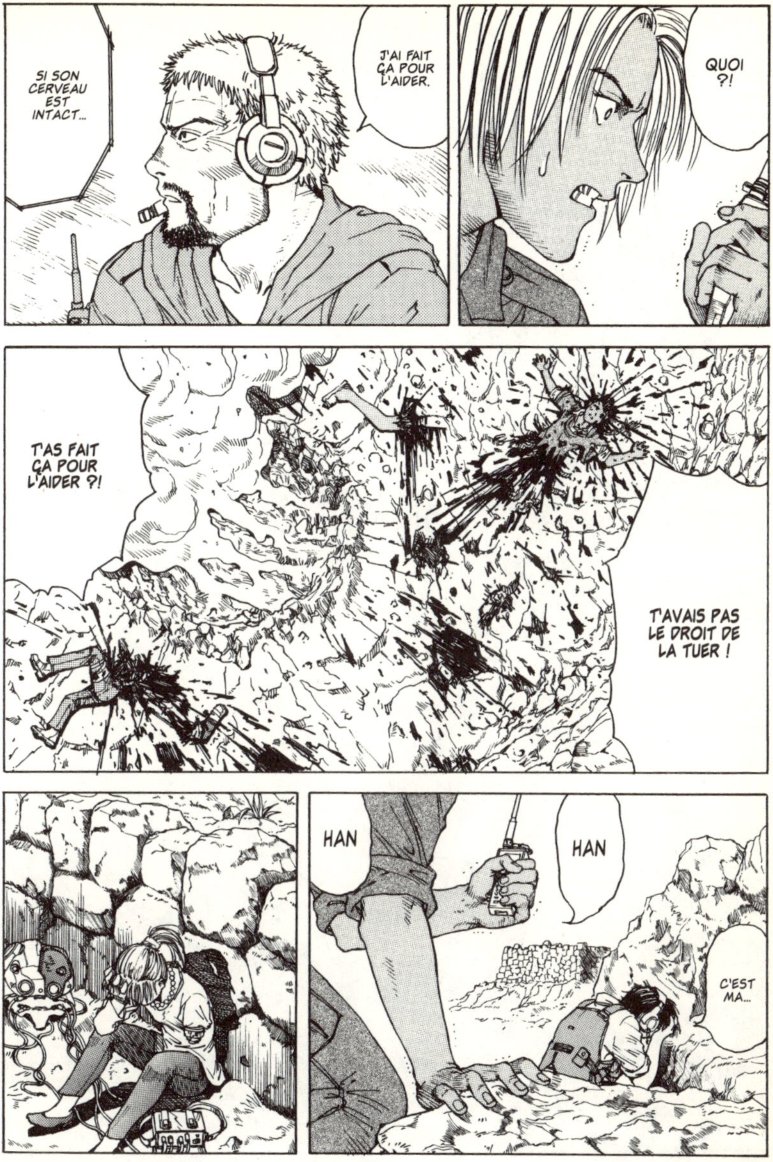
QUOI ?!
J'AI FAIT ÇA POUR L'AIDER.
SI SON CERVEAU EST INTACT...
T'AS FAIT ÇA POUR L'AIDER ?!
T'AVAIS PAS LE DROIT DE LA TUER !
C'EST MA...
HAN
HAN

ESPÈCE DE...
... SALAUD !

VÉHICULE BLINDÉ

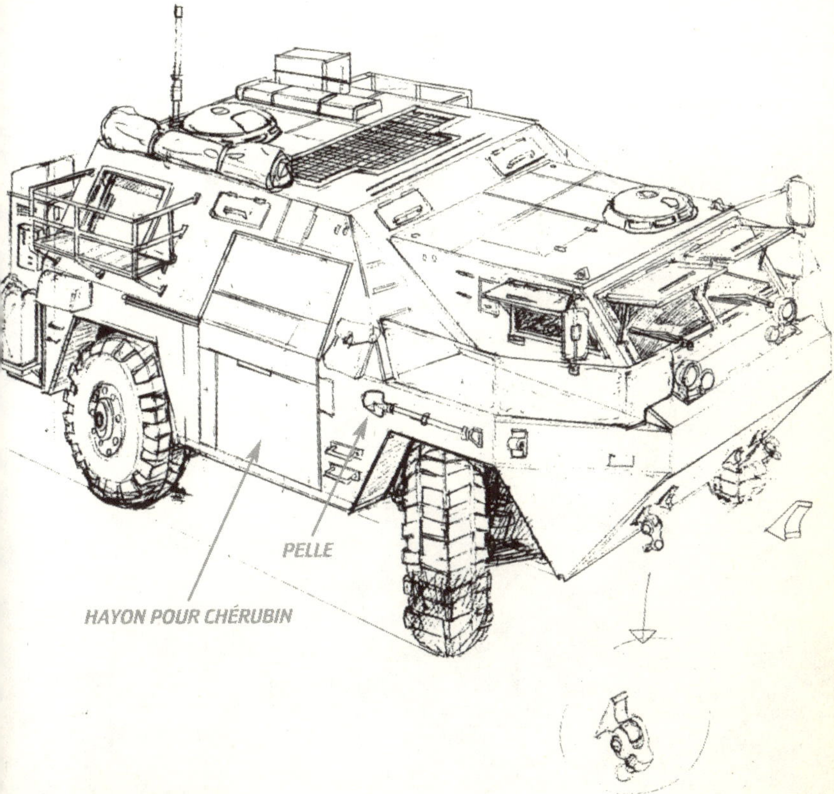

Extérieur
[vue avant]

DESSIN INÉDIT RÉALISÉ AU CRAYON.

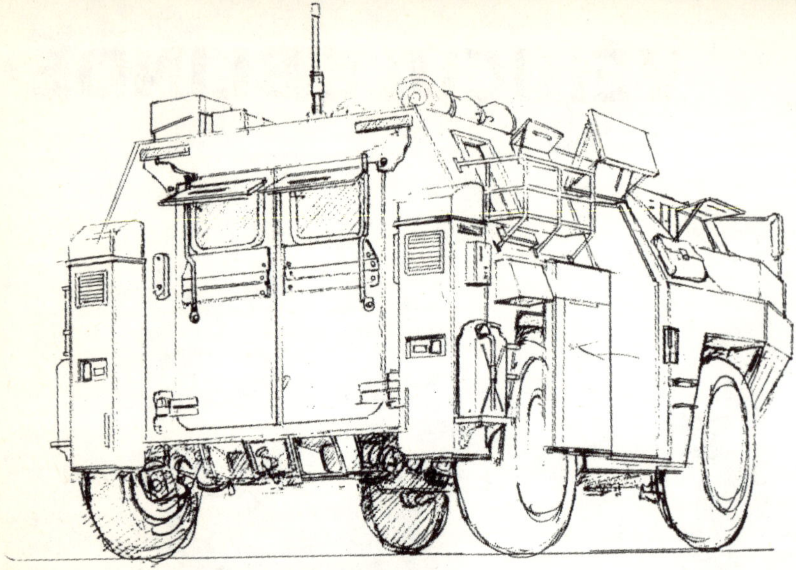

Extérieur
[vue arrière]

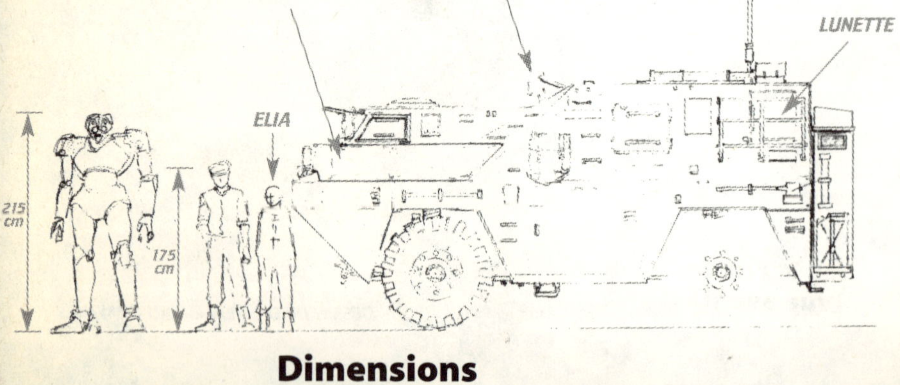

Dimensions